因為覺得美麗而美麗

—Have I Ever Seen the Beautiful World?—

奇諾の旅 V

—the Beautiful World—

時雨沢 惠一
KEIICHI SIGSAWA

插畫●黑星紅白
ILLUSTRATION：KOUHAKU KUROBOSHI

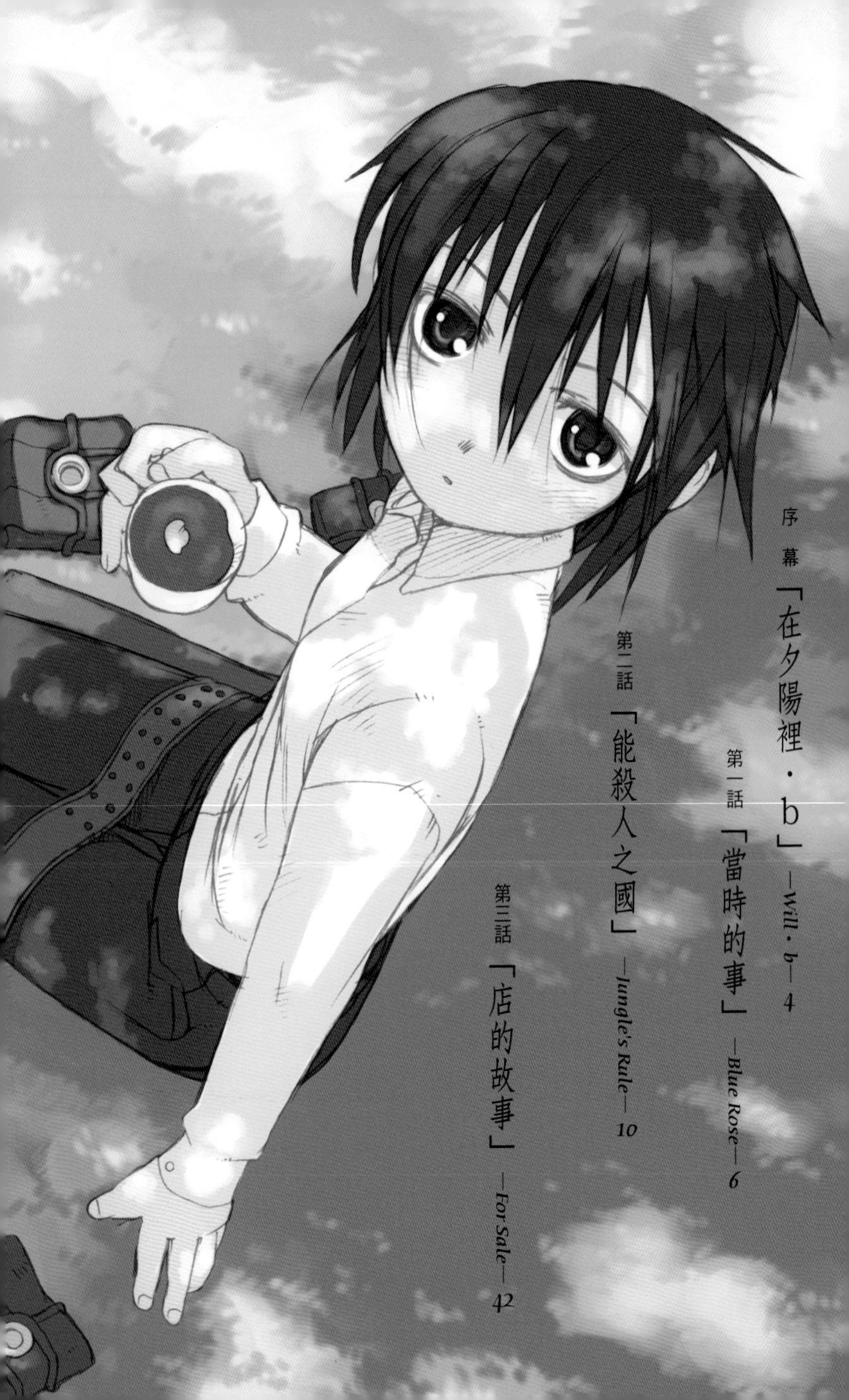

CONTENTS

序幕「在夕陽裡・b」—will・b—

啊啊——

大家都說這不美麗，但我覺得非常美麗。

大家都說看到它就煩，但我卻覺得非常清爽。

第一次看到這個的時候，我訝異感動到幾乎忘了如何思考。即使剛剛已看過幾十遍，我還是覺得它美得無法言喻。每天都看不膩，還希望明天也能看到它。

不過——

有這種想法跟感覺的，似乎只有我。

我的腦子是不是哪裡有問題呢？

我是瘋了？

還是傻了？

是的——

這個世界既美麗又閃耀。

而且還讓我的心靈安定沉穩。讓我忘記所有的痛苦。就算我想證明自己的心靈已經有問題，甚至是瘋狂失常……

即使如此，我認為我能這麼想已經是一種幸福，也很珍惜能這麼想的現在。

好了——

往後我還會繼續看下去。

即使除了我以外的世人都認為它一點也不美麗。

即使我這個想法要比世上任何眼光都錯得更離譜。

只要我認為它是美麗的就好了。

「威爾，該下來了吧！可以吃飯了！」

「好，我馬上過去。」

我不能讓重要的伙伴等太久。

我向這美麗的世界敬完禮後，就下了梯子。

第一話「當時的事」

—Blue Rose—

「對了，我想到一個好主意！妳帶我一起走，我也要去旅行！」

小孩如此說道。

聽到這句話的年輕黑髮旅行者跟停在旁邊的摩托車（註：兩輪的車子，尤其是指不在天空飛行的交通工具）面露難色地沉默不語。

這是一座經過細心整理的庭院。花圃開滿了紅色跟藍色的玫瑰花，非常美麗。附近還有座大理石噴水池。

「這個主意很棒吧？況且照我剛剛聽妳述說的，旅行可以學到許多事物，所以就帶我一起去吧！」

小孩非常開心地說著。

剛剛被小孩要求說說旅行見聞的旅行者則一臉為難地說：

「我沒辦法帶你走。」

「沒錯，不可能的。」

摩托車也如此說，小孩則大聲嚷嚷道：

「為什麼？妳可以到處旅行，為什麼我就不行呢？」

然後又對著身旁的老管家說：

「我可以去的，對吧？」

老管家面露難色並斬釘截鐵地說：

「不可以的。」

「為什麼？難道你不聽我的話

嗎？我的話你不聽嗎？好啦，讓我去啦！」

小孩抓著老管家並責備他。旅行者看著為難的老管家並站起來。她把手放在龍頭上好方便推摩托車，然後說：

「我該告辭了。」

當她跟老管家道別之後，小孩則快步往前走，這次改抓著旅行者不放。

「為什麼？為什麼不帶我旅行呢？」

旅行者低頭看著小孩說：

「旅行很危險的喲！」

「沒錯沒錯，而且也沒地方載你了。」

摩托車也如此說道。旅行者向老管家行個禮，就開始推著摩托車往前走。小孩追在後面拼命大聲喊：

「喂！帶我一起去啦！妳說什麼我都會聽的！我也會乖乖吃胡蘿蔔！一直當個乖小孩！晚上不會吵著說不跟媽媽睡就睡不著！喂～帶我去啦！」

旅行者只講了一句：「不可以跟來喲！」後來任憑小孩怎麼哭鬧，她都無動於衷地逕自推著摩托車離去。

隨著旅行者的引擎聲漸行漸遠後，小孩開始哇哇大哭。

這是一座經過細心整理的庭院。花圃開滿了紅色跟藍色的玫瑰花，非常美麗。附近還有座大理石噴水池。

小孩把臉埋在蹲在他旁邊的老管家懷裡，不斷地哭泣。

不斷不斷地哭泣。

年事已高的老管家把長大成人的小孩叫醒。此刻，長大成人的小孩正坐在一張豪華辦公室的椅子上，剛剛打了一下瞌睡。

長大成人的小孩向年事已高的老管家道謝，並告訴他自己剛剛做的夢。他說自己對當時的事情仍記得很清楚，然後溫柔地對年事已高的老管家說：

「當時讓你這麼為難，真抱歉。」

老管家緩緩露出微笑，然後畢恭畢敬地行了個禮。

他對著國王畢恭畢敬地行了個禮。

第二話

「能殺人之國」

—Jungle's Rule—

第二話「能殺人之國」

—Jungle's Rule—

這裡有草原跟湖泊。

在平坦的大地上覆蓋著一望無際的青草與樹木，低窪處則湧出清澈的地下水，形成了許許多多的小湖。

刺眼的夏日陽光照耀著大地上的草木與湖面的水草。天空萬里無雲，四處的空氣乾爽又清新。

草原上有一條道路。

那原本是一條羊腸小徑，但路面幾乎為四周的雜草所淹沒。這條道路繞過湖泊往東西向延伸。

一輛摩托車正奔馳在西向的道路上，後輪兩旁及上方載滿了行李，懸掛在包包旁邊的銀色杯子不斷晃盪著。

騎士穿著白襯衫及開襟的黑背心。腰際繫著粗皮帶，右腿上掛著掌中說服者（註：指槍械。這裡是指手槍）的槍袋。在她腰後也掛著一把細長的自動手槍。

黑髮上戴著有帽沿的帽子，還戴著防風眼鏡。眼鏡下的表情很年輕。大約十五歲左右。

「是馬耶！看到了沒，奇諾？」

行進中的摩托車突然這麼說。名叫奇諾的騎士瞇起防風眼鏡下的眼睛往前方的道路眺望。

「喔，看到了。好像有人耶。」

奇諾放開抓著摩托車龍頭的左手，摸了摸腰後的說服者。接著改用右手，摸了摸右腿上的左輪槍。

「我要停車了喲，漢密斯。」

路旁有匹背上堆滿行李的馬在喝湖水。附近有個用帽子蓋住臉的男子正躺著睡覺，他聽到摩托車的引擎聲便馬上起身。

對方是個年約二十幾歲的年輕男子，穿著馬褲跟馬靴，身上穿著薄外套，右邊腰際掛著說服者的槍套，裡頭是一把點四五口徑的自動手槍。

男人對著迎面而來的摩托車揮手。

「嗨！」

男人走近停下摩托車的奇諾並向她招呼著。

奇諾並沒有關掉引擎，踢下腳架把車停妥後，便跨下了車子。

「你好。」

「請多多指教。」

奇諾跟這輛名叫漢密斯的摩托車分別向對方問候。

「妳是位於前方不遠處那個國家的人嗎？」

男人開口問道。

「不是，我只是準備要到那裡去。」

聽到奇諾的回答，男人說「那正好」。接著又說：

「我也正要去那裡，要不要一起走呢？然後妳幫我載一半的行李，反正妳騎摩托車很輕鬆吧？」

男人理所當然地詢問道。

「那是不可能的。」

奇諾也斬釘截鐵地回答。漢密斯則「沒錯沒錯。」地附和。

男人明顯地皺著眉頭說：

「妳們怎麼這麼無情？連這點小事都做不到嗎？」

「是的，我做不到。」

奇諾笑咪咪地回答。

「而且，或許我會直接把你的行李載走喲！到了目的地之後再把它們全部賣掉！」

奇諾口氣平淡地補上這句話，男人聽了咋了一下舌。

「算了……話說回來——」

男人打量著奇諾並開口問道：

「妳瞭解那個國家嗎？聽說過那是個什麼樣的國家嗎？」

「詳細情形我是不清楚，不過聽說那裡是個很有紳士風度的國家。」

聽到奇諾的回答，男人笑了出來。笑了好一會兒才說：

「是誰這麼跟妳說的？跟事實完全不符嘛！」

「你說什麼？」

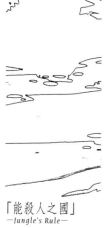

男人繼續笑著。

「嘿嘿嘿。沒辦法，我覺得妳很有趣，還是告訴妳真相好了！那個國家啊——是個『能殺人的國家』喲！」

「什麼？這話是什麼意思？」

漢密斯問道。

「就是在法律上並不禁止『殺人』這種行為，不過竊盜就不行了。在那兒無論傷人或殺人，全都不會被起訴問罪，反而會認為是被害人自己不小心。城牆內簡直是個野蠻戰場，這國家的情況還相當有名呢！」

男人開心地說道。奇諾問他：

「這麼說，你想去那裡嗎？」

「是啊，那當然。我要在那裡定居。老子生長的國家，治安好到很白癡，百姓也和善到愚蠢的地步。只是稍微出手打人，旁人就會用白眼看你。而且開口閉口都是『法律法律』煩死人了，所以我才決定離開。」

「那，你移居到那兒想做什麼？」

漢密斯問道。

「不曉得，總之先住住看再說——」

男人突然停嘴，換了個耍狠的口氣說道：

「要是看到不順眼的傢伙就幹掉他吧?那地方很適合我這種人住呢！」

「喔——」

見漢密斯興味索然地回答，男人不由得有些動氣了。

「而且，有個我很尊敬的人就在那個國家裡。我很想見他一面。你們應該聽過『那個雷蓋爾先生』的大名吧?」

「沒有。」「沒聽過。」

奇諾跟漢密斯簡短地說道。

「你們還真是鄉下土包子耶……」

男人突然啞口無言，然後又滔滔不絕地開始跟她們解釋。

「『那個雷蓋爾先生』是個恐怖份子兼強盜集團的首領，在南方某大國是個赫赫有名的連續殺人犯。他曾被逮捕，卻在上絞刑台前越獄，接著便逃往國外。雖然這已經是幾十年前的往事了，不過他到現在還沒落網，因此我斷定他一定是住在這個被喻為殺人犯最後落腳之地的國家。這國家聚集了來自全世界的殺手——想必他在此一定肆意殺戮，讓大家都不敢等閒視之吧。我有很多事想向他請教呢！」

「原來如此，那我們告辭了。」

奇諾話一說完便跨上漢密斯。

「真是個無趣的傢伙……喂！」

男人急忙叫住她們，並瞪著奇諾說：

「妳真的連一件行李都不幫我載？」

「是的，自己的行李請自己拿。」

奇諾理所當然地說道，接著馬上騎著漢密斯離開了。

男人在轟隆隆的引擎聲中被留在原地。

他看著奇諾她們離去的背影，笑著自言自語道：

「是嗎……這傢伙，入境後給我等著瞧！」

這裡的城牆沿著湖泊與渠道而築。

包圍著國家的湖泊以人工渠道相連結，這渠道便成了城壁外的護城河。白色的石壁則是高高地聳立著。

奇諾與漢密斯在接近黃昏的時候抵達城門。她們才剛到達，護城河的吊橋便緩緩降了下來。

漢密斯開心地說：

「不禁止殺人的國家啊……，在這裡或許會有什麼驚人的奇遇呢！」

「大概吧。」

「做好心理準備了嗎？」

「基本上是做好了。」

「沒先把說服者準備好也無所謂？」

「我平常就佩帶在身上了，我們進去吧！」

奇諾回答完就開始渡橋。

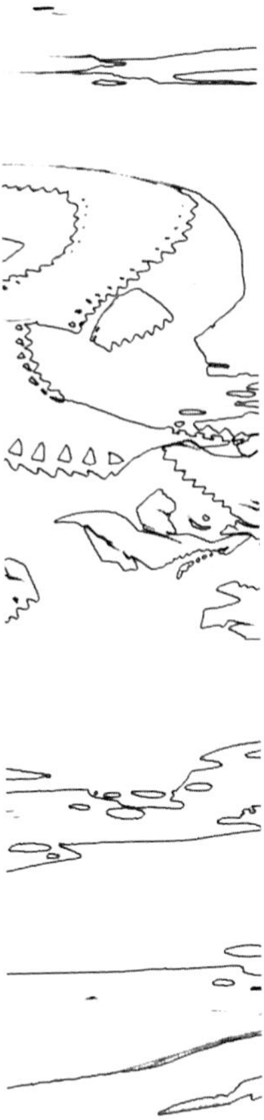

「妳是打算移居來這裡？或只是把這裡當做是旅途的休息站？」

設在城門外側崗哨的衛兵兼入境審查向奇諾詢問道。

奇諾回答她們屬於後者，並表示要在這裡停留三天。

「請問妳知道這個國家在法律上並不禁止殺人這件事嗎？無論是當地的市民、旅行者，只要在這個國家的範圍內，無論基於何種理由殺人都不會構成犯罪。妳明白嗎？」

為了慎重起見，審查官仔細問了一遍。

奇諾點點頭表示知道這件事。

「即使如此，妳還想入境嗎？」

審查官再次問道。

「好不可思議的國家哦！」

奇諾一面卸下漢密斯上面的行李一面說道。

旅館房間裡有簡潔的椅子跟床鋪。牆壁上還裝設了檯燈跟電風扇。角落則放了沒有使用而封住的暖爐。

「會嗎？我覺得是個很普通的國家啊！」

用腳架停在房間一角的漢密斯答道。

「沒錯，是很普通。街道井然有序，傍晚人潮也很多。既沒有看到居民發生什麼火爆場面，路上的警官也很少。而且也沒有把店門關得緊緊的店家，對旅行者也很親切。」

通過城牆後，奇諾她們在農地上奔馳了一段路。當她們在城裡詢問旅館的位置時，附近居民都熱心地聚集過來，親切地幫助她們。

漢密斯還是不明就裡：

「也就是說？」

「這裡是個治安非常良好的地方，所以我才覺得很不可思議。」

奇諾答道，漢密斯說：

「喔，原來如此。因為法律並沒有禁止殺人，所以妳以為這裡會有暴徒成群結隊地招搖過市，酒店裡有人為了女人爭風吃醋而決鬥，甚至還有狗會叼著人手從面前跑過等等。原來妳期待看到這些光景啊？真是太可惜了。」
「沒有啊，我才沒有『期待』呢……」
奇諾把行李放在床鋪旁邊，解下槍套跟皮帶。再把右腿上她稱之為『卡農』的左輪槍拿出來。
「搞不好……」
奇諾看著發出黑亮光澤的『卡農』唸唸有詞。
「搞不好什麼？」
漢密斯開口問道。
「沒什麼，或許過些時候就知道了。」
奇諾說完這句話就躺上了床，並且把『卡農』擺在胸口。
「什麼啊？我看再問下去也沒用。──晚安。」

隔天早上。
奇諾還是一如往常隨著黎明同時起床。
她打開窗子與木板套窗。眼前的街道靜悄悄的，蔚藍的天空飄著幾朵薄雲。
奇諾做了些運動暖身。然後開始進行『卡農』與她插在背後那把叫做『森之人』的自動手槍的練習。她反覆練習從槍套快速拔槍射擊，以及連同槍套直接射擊的動作。練完後把它們分解、清理，再上好油放回槍袋。

沖完澡後，奇諾在旅館享用早餐。直到太陽升起才把漢密斯敲醒，再從旅館出發。

城裡四處都是古老的石砌建築物。看似主要道路的街道上，左右兩邊是成排的店家，其樓上則是住家。

奇諾進入一間店裡，把一些能賣又不用不著的東西賣給店家，再購入自己需要的物品。知道奇諾是旅行者後，好心的中年老闆還給了她相當大的折扣呢。

老闆的椅子後方立了一把長步槍型的說服者。奇諾詢問那是否是用來擊退強盜的，老闆則搖搖頭說：

「這裡跟隔壁的商店都從沒遇過強盜。這是……」

老闆解釋：

「這是用來殺人的。」

「這樣啊～什麼時候會派上用場？」

漢密斯問道。

「不曉得耶，什麼時候會派上用場呢……畢竟世事難料，所以就一直把它放在那裡。」

店主笑著回答。

「原來如此。」

奇諾小聲說道。

買完東西之後，奇諾跟漢密斯就在國內到處走馬看花。當她們逛完這個不是很遼闊的國家，已經是中午過後了，此時，她們又回到原來的街道。

她看到一家餐廳在路旁擺了桌椅，便把漢密斯停在座椅後方並坐了下來。涼風徐徐地吹過這個陰涼處。

奇諾詢問店員有什麼甜食，對方卻回答有「推薦餐點」。然後她就在不明不白的情況下點了餐。

「來，請慢用。」

「…………」

結果端上來一大盤堆滿可麗餅跟鮮奶油的甜點，份量相當多，簡直像一座山。

「…………」

「奇諾？」

「沒什麼，我要挑戰嘍！」

奇諾唰唰唰地用刀子把那份甜點一塊塊切開，從容地把它們全吃光。漢密斯則是目瞪口呆地看著這個景象。

吃完甜點沒多久，有幾名老人來到奇諾旁邊坐了下來。他們一看到奇諾，

「噢～妳是個旅行者嗎？」

其中一名穿著體面的老婆婆問道。得到奇諾肯定的答覆之後，老婆婆表示他們剛結束舞蹈活動，平常他們只要跳完舞都會來這家店用餐，今天當然也不例外。雖然奇諾沒問她問題，她倒是挺多話的。

「旅行者，我們國家的治安很好吧？」

「是啊，好到不能再好了呢。」

奇諾老實說道。

這群人之中有一名持著拐杖的老人。這個滿臉白鬍子的老人向奇諾問道：

「妳準備要去哪裡呢？」

「不知道。」

奇諾答道。

「那摩托車先生你應該知道吧？」

老人問道。

「怎麼可能！」

漢密斯拉高語尾的音調回答。

老人說：

「嗯……那麼，要不要考慮移民來這個國家呢？」

「沒錯這個主意很好真是再好不過了我們會在各方面幫助妳們的首先明天就幫妳們找住處妳們再上區公所辦手續其實很簡單喲只要在一張紙填上姓名當場就——」

奇諾完全沒理會像機關槍般說個不停的老婆婆。

「考慮考慮吧？我們覺得這個國家很適合像妳這樣的人居住哦。」

老人對奇諾說道。

「什麼樣的人？」

漢密斯在後面發問。蓄鬍子的老人笑著回答說：

「能夠殺人的人。」

「…………」

奇諾沉默一會兒之後搖搖頭婉拒。

「是嗎？有點遺憾呢……。不過，還是希望妳停留的這段期間能放輕鬆。畢竟旅行很危險，希望妳能在這裡好好休息。」

「謝謝，我會的。」

「妳覺得這個國家特有的甜點如何？很不錯吧？我覺得拿它當禮物很適合呢，不過希望妳能為我們敘述一些城牆外的見聞做為交換。」

聽到老人的提議，奇諾露出懊惱的表情又再次搖搖頭。漢密斯替她解釋：

「真遺憾，她剛剛才拼命吃光一盤的說。」

「喔～是嗎——那不然明天上午一起喝個茶可以吧？」

隔天，也就是奇諾入境的第三天早晨。

奇諾天一亮就起床，接著做了輕鬆的運動及說服者的練習。然後依依不捨地洗了個澡並享用早餐。

整理好行李之後，再將東西堆放在漢密斯上頭並牢牢固定好。

然後她把漢密斯敲醒，走向位於大馬路上的餐廳。昨天那名蓄鬍子的老人正悠閒地喝著茶。

奇諾告訴老人有關她去過的鄰近國家的情況。老人瞇著眼睛，非常開心地聆聽這些見聞。然後還免費請奇諾享用紅茶跟甜點。他們兩個人把那座「山」一起吃完。

「我們差不多該告辭了。」

在人潮開始湧進餐廳的正午時刻，奇諾如此說道。

「這樣啊……。跟妳聊天很開心喲，謝謝妳。」

老人向她答謝，奇諾也回之以禮。

奇諾把漢密斯推到路上，然後發動引擎，引擎發出有些吵到附近人家的轟隆聲響。

奇諾向路旁持拐杖的老人點頭行禮之後，就在她打了漢密斯的檔的那一瞬間。

「妳這傢伙！終於讓我堵到了！給我待在那裡！」

她聽到有人大喊：

「就是妳！那個穿黑夾克騎摩托車的！」

邊喊邊從房子裡衝出來的，就是奇諾兩天前在這國家外頭遇到的男人。奇諾關掉漢密斯的引擎，馬路也頓時變得安靜無聲。

「居然給我碰上了，妳給我等著！」

站在一旁的人們眼光全集中在那男人身上，男人走近奇諾她們，奇諾也跨下漢密斯，並用腳架把它停穩。

「請問有什麼事嗎？」

站在漢密斯前面的奇諾問道。

「摩托車上的這些行李全給我留下來！」

跟奇諾保持些許距離的男人說道。

「為什麼？」

「我要全部接收，妳那些行李一定很重吧？那我就幫妳減輕負擔吧！那些東西我全部收下，能用的就幫妳用。用不著的就賣掉，順便補貼我的生活費。懂嗎？」

「我懂，不過沒必要這麼麻煩。謝謝你的好意。」

聽到奇諾這麼說，男人「嘿嘿」地笑了出來。然後說：

「妳要是敢拒絕，我就在這裡殺了妳哦。給我聽好，還想要命的話就把東西全留下來。放心，我不會把妳身上的東西全剝光的。怎麼樣？」

男人看了一眼自己右腰上的槍套。裡頭是一把裝好子彈的說服者。

此時，馬路上的人們開始退到建築物裡。

「你被允許入境啦？」

奇諾說道。

「那是當然囉，而且我現在是這個國家的居民呢！」

「可是一點都不像耶！」

奇諾如此說道，男人皺起眉頭說：

「什麼……？像不像一點都不重要，倒是妳的回答是什麼？」

奇諾環顧一下左右，確定馬路上沒有任何人。而建築物跟二樓的窗戶裡則依稀看得到人影晃

動。

「我拒絕，況且我已經要出境了。」

「看來談判是破裂囉……」

男人把腳張到和肩膀同寬的距離，然後輕輕甩了甩肩膀跟手。

「漢密斯……抱歉，要麻煩你了。」

奇諾小聲地說道。

「知道了，不過事後要幫我把洞補好哦！」

漢密斯答道。

男人拔出腰際的說服者，反應迅速的奇諾則迅速地翻了一個身。

「？」

她蹲到漢密斯後面躲了起來。

「…………？什……什麼啊？膽小鬼！妳連槍都不拔啊？難不成那只是掛好看的？」

大呼小叫的男人右手舉著說服者，朝漢密斯走近一步。

「那就休怪我手下無情囉！」

就在男人講這句話的那一瞬間，突然飛來一支箭，從斜上方刺進男人的右手臂。

只見說服者掉在地上，男人則看著自己的手臂。鮮血不斷從插著箭的手臂冒出來。

「哇啊啊！」

在他大叫的同時，另一支箭又射了過來。它射中男人的左腳掌並刺穿靴子，把他的腳釘在地面上。

「哇！」

男人痛苦得拼命掙扎。這時候的他既拔不起腳，也拔不掉手臂上的箭。

「痛死啦！混帳！混帳！」

這時候居民們靜靜地聚集到慘叫連連的男人身旁，他們的表情十分鎮靜，手上還都拿著武器。有拿著大刀的老爺爺，舉著說服者的青年，手持棍棒的年輕女子，還有一個老婆婆拿著十字弓從公寓裡走出來。

奇諾從漢密斯的油箱後面露出半邊臉，窺探目前的情況。

「什麼？你們這是在幹嘛？可惡，痛死我了……」

手持拐杖的老人走近男人說道：

「這樣是不行的……。你不能做這種事，所以我們才出面阻止的。」

「什、什麼啊……？該死的！快把箭拔掉啦！」

「讓我來回答你的問題吧！」

老人靜靜地說道。

「在這裡……，在這個國家……，是不允許殺人這種行為的。」

男人瞪著老人說：

「什麼？你騙人！我就是聽說這裡是不禁止殺人的國家，才特地來的耶！」

「這裡的確不禁止殺人，你說的一點也沒錯。因此現在我們才會聚集在這裡。」

「沒錯沒錯」，周遭的人們以沉穩的聲音表示贊同。

「……你、你在說什麼啊？這是怎麼回事？喂，你這老頭在講什麼莫名其妙的話啊？快點幫我把箭拔下來！否則我宰了你！」

「那可不行。在這個國家，『殺人者』、『蓄意殺人者』、『預謀殺人者』，都得被大家殺掉。」
「那是為什麼？在這裡殺人不是不犯法嗎？所以我才特地搬來的！這兒不是沒禁止殺人嗎？」
腦筋一片混亂的男人拼命大喊。老人繼續用沉穩的聲音說：
「『沒禁止殺人』，並不代表『允許殺人』喲！」
「……別開玩笑了！你當你是誰啊！」
老人眯著滿是皺紋的眼睛說：
「我？我不是什麼大人物，不過是個平凡的小市民，一個名叫雷蓋爾的老人罷了。」
「什麼……？」
男人抬頭看著雷蓋爾，並訝異地張著嘴巴。
「不好意思，你是個危險人物。」
雷蓋爾轉動手杖的握把並用力拔開。
秀出一把沒有光澤的黑劍。
雷蓋爾以全身的力道將劍刺進了男人的心臟，並轉了一下才拔出來。
手持拐杖的老人用手輕輕為屍體闔上眼睛，接著所有在場的民眾都一起幫他默禱。

奇諾在後方看著這個景象。

「失去伙伴總是教人痛心呢。」

有人突然開口說，眾人也都點頭表示贊同。有人說要安排那男人葬在國立墓園，沒多久就有人答應要幫忙。

接下來，人們又各自回到事情發生前所在的場所。

雷蓋爾走向奇諾。

「路上小心。」

他只講了這麼一句話。

「我會的。」

奇諾回答，接著發動了漢密斯的引擎。引擎發出稍微吵到附近住家的轟隆聲響。

奇諾向站在路旁持著拐杖的老人道別之後，隨即打檔驅車離去。

摩托車往西奔馳在草原與湖泊之間的道路上。沿著湖邊行駛時，可以欣賞到湖天一色的美麗景象。

「是馬耶！看到了沒，奇諾？」

行進中的漢密斯突然這麼說。奇諾瞇起防風眼鏡下的眼睛往前方的道路眺望。

「喔，看到了。好像有人耶。」

奇諾放開抓著摩托車龍頭的左手，摸了摸腰後的說服者。接著改用右手，摸了摸右腿上的左輪槍。

「我要停車了喲，漢密斯。」

路旁有匹背上堆滿行李的馬在喝湖水。附近有個用帽子蓋住臉的男子正躺著睡覺，他聽到摩托車的引擎聲便馬上起身。

對方是個年約二十幾歲的年輕男子，穿著馬褲跟馬靴，身上穿著薄外套，右邊腰際掛著說服者的槍套，裡頭是一把點四五口徑的自動手槍。

男人對著迎面而來的摩托車揮手。

「嗨！」

男人走近停下摩托車的奇諾並對她招呼著。

奇諾並沒有關掉引擎，踢下腳架把車停妥後，便跨下了車子。

「你好。」

「請多多指教。」

奇諾跟漢密斯分別向對方問候。

「妳是距離前面東方不遠處那國家的人嗎？」

男人開口問道。奇諾搖搖頭說：

「不是，我是個旅行者。我在那個國家待了三天，剛剛才從那兒出境。」

「這樣啊……。可以請教妳一個問題嗎？」

「什麼問題？」

男人面帶愁容，口氣嚴肅地說：

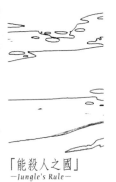

「我在路上遇到一名旅行者，他說那裡不但治安好又很適合居住，是個以禮待人的國家。所以我才特地前來的。」

然後又問：

「……那是真的嗎？」

「是的，一點都沒錯。」

聽到奇諾的回答，男人的表情緩和下來。

「只是說哪個國家怎麼樣，要視每個人的觀點而定啦！」

奇諾又補上了這句話。

「我的國家嗎？喔～可是個很糟的地方呢……。治安壞得不得了，每天都會發生很多起兇殺案，我甚至為了保命，還被迫殺死好幾名強盜呢！我也知道他們這麼做，無非是為了過普通的生活……。只是我不想再殺人了。我就是厭惡這點才離開我的國家，想找一個治安良好的國家定居。」

「是嗎？那麼你一定會喜歡上那個國家的。你可以去拜託一個名叫雷蓋爾的老人。只要你告訴他旅行的見聞，他就會給你許多意見。」

「是嗎？謝謝妳告訴我這些。」

男人說道。

然後奇諾詢問男人有關前方的國家及路線等各種問題。男人把他所知道的全據實以答。

當奇諾向他道完謝，準備上路的時候……

「啊，我想再問妳一件事……」

男人叫住奇諾。

「其實附近國家流傳一個有關那國家的奇怪傳聞，不曉得那是不是真的。如果妳知道詳情，是否可以告訴我……」

「什麼傳聞？」

奇諾問道。只見男人欲言又止，接著又搖搖頭說：

「算了，那個傳聞太奇怪了，其實連我自己都不相信。因為實在很不合常理……。況且只要我去了那裡就會知道。我還是自己證實好了。」

「是嗎……。那我們告辭了。」

「噢，那再見了。」

摩托車離去之後，男人跨上馬，並策馬朝東前進。
在馬背上晃動的男人自言自語地說：
「那是真的嗎……？」
「聽說那個國家賣的可麗餅每一盤都堆得像山一樣高！」

第三話
「店的故事」
—For Sale—

第三話「店的故事」
—For Sale—

店鋪日記・第二五冊　店長記錄

開店第三〇九四天（晴）
今天也沒有半個客人上門。
很久以前曾有客人在這裡留下種子。如今那個叫做「南瓜」的蔬菜長得很好，也可以吃了。我按照指示小心切開它厚實的外皮，煮來吃吃看。
它的味道相當甜美可口。我會再種種看的。用炸的好像也蠻好吃的呢。

開店第三〇九五天（晴後多雲）
今天也沒有半個客人上門。
由於沒什麼事情可做，我就帶書過去顧店。

我看完了「烏雷利克斯的憂鬱」。這本書很有趣。

開店第三〇九六天（雨）

今天也沒有半個客人上門。

整天天氣都很糟糕，連衣服都沒辦法洗。

鍋子裡的南瓜腐壞了，實在有夠快。

開店第三〇九七天（晴）

今天也沒有半個客人上門。

晴朗的天氣，讓我一整天的心情愉快無比。

我洗了衣服，並把它們晾了起來。結果一件襯衫掉在地上，弄得全是泥巴。害我又得重新洗一次。本來打算把晾衣台下方塗上水泥，不過想到會害土撥鼠跟蚯蚓無家可歸，便只好作罷。

「店的故事」
—For Sale—

開店第三〇九八天（晴）

今天也沒有半個客人上門。

我跟往常一樣盤點商品。全都毫無問題。無論是誰在何時購買，想必品質都能正常。讓我有些開心。

後來就看書過完這一天。

開店第三〇九九天（晴時多雲）

今天也沒有半個客人上門。

白天我就把「有事請按鈴」的牌子拿下來，跑到後面的河川去釣魚。

大大小小的魚加起來總共釣了五尾。體型小的魚我就放生了。

晚餐是好久沒吃的法式黃油炸魚。

開店第三一〇〇天（陰）

今天也沒有半個客人上門。

一大早發電機的情況就怪怪的，不過修好了。

我跟往常一樣打掃店面。讓店內隨時保持清潔。

本來打算把剩下的魚拿來燻製，因為數量太少而作罷。魚在晚餐時吃光了。

開店第三一〇一天（陰）

今天也沒有半個客人上門。

我做了測量儀器的定期檢查。雖然有些指向負數方向，但全都在容許範圍內。預定四十天後再做檢查。

然後我把冰箱裡的一塊肉拿出來解凍。

開店第三一〇二天（晴）

在睽違七十九天以後，今天有客人上門了。難得這次的日記可以寫比較長。

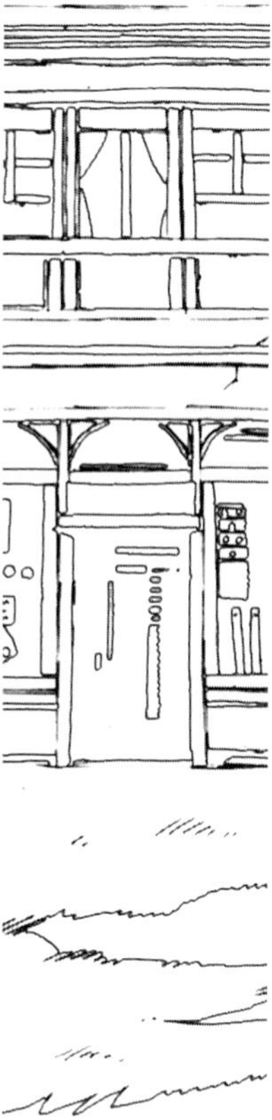

一大早天氣就很好。

我開開心心地曬被單，快快樂樂地來開店。

現在才寫是有點奇怪，不過當時我突然感覺到「今天有客人會上門」。後來果然成真了，看來我可能有什麼第六感呢。我打算下次找個機會再試驗看看。

客人是在快接近中午的時候來的。

我正在煩惱午餐要吃什麼好，然後就聽到引擎聲往這裡接近。我急忙衝到外面看。那個客人是個年輕的旅行者，正騎著摩托車從我店門口經過。被我大聲叫住之後，就很感興趣地停下腳步。

我覺得騎摩托車旅行很稀奇，當時還覺得與其騎摩托車，還不如在天上飛不是比較輕鬆？現在仔細想想，一旦飄升機冷卻了，外行人鐵定會手足無措。看來還是在地面騎摩托車比較保險一點。

旅行者自我介紹說她叫做奇諾。

奇諾穿著一身白襯衫跟黑背心。

我對她的服裝深感興趣，經過詢問之後才知道那背心原來是能夠把袖子拆掉的夾克，天氣熱時就把袖子拆下來，覺得冷的時候再裝回去。

我感到非常佩服，畢竟旅行時的行李要越精簡越好。

我馬上把奇諾跟摩托車漢密斯請進店裡。

我請奇諾坐下，並端茶出來。

不愧是旅行者，她並沒有立刻喝茶，還小心翼翼地詢問是什麼茶。

於是我先喝給她看，以證明這茶沒有問題。

奇諾為自己的無禮向我道歉，我要她不必放在心上。畢竟在茶水裡下迷藥趁機行搶是時有所聞的事。小心謹慎總是對的。

「歡迎妳們光臨我這家店！」

我竭誠地感謝她們。

然後詢問我是否可以向她們介紹店內的商品。

「在那之前，我可以詢問幾個有關這家店的問題嗎？」

奇諾如此說道。很高興她對我的店有興趣。我說隨便她問沒關係。

「那就恕我直言了。請問你怎麼會在這裡開這樣子的店呢？」

「沒錯沒錯，而且還是在這片廣大的草原正中央。我們在地平線遠遠看到這家店的時候，還很驚訝呢！」

奇諾跟摩托車漢密斯分別問道。

我覺得這是大家都會問的問題。因為這家店的四周只有草原、森林、河川跟湖泊。就連距離最近的國家，也要搭乘好幾天的交通工具才到得了。

「而且，在這裡工作的只有店長你一個人？沒有其他人了嗎？」

漢密斯又繼續問。

我按照問題的順序據實回答。我之所以在這裡開店，是因為我喜歡這個地方。因為一想到要以店為家，當然就想選擇一個好地方。而這個地方也的確很棒。只是說，我並沒有告訴她們自己其實在家鄉被不明事理的居民禁止開店，而且也去不了其他國家這件事。

我把重要的商品跟必需的用品堆到卡車上，然後就來到了這個地方。接著我開始蓋店面兼住宅的房子，開了這家自己的店。我還告訴她們自己並沒有妻兒，父母還留在家鄉，只不過我也不知道他們的現況是如何。

我不曉得奇諾跟漢密斯是否聽懂了。

「請問有客人上門嗎？」

奇諾問道。

「有啊。原則上平均約一百天有一個客人上門。對象當然是旅行者或商人。大家都對我這家店很感興趣喲！」

我並沒有說謊。

漢密斯還問：

「那麼，截至目前為止都賣出了什麼商品？」

「沒有，一樣也沒有賣出去。」

我並沒有說謊。

其實做生意分成兩派。一派是主張為了把商品賣出，跟客人撒點謊並無大礙。另一派是絕不允

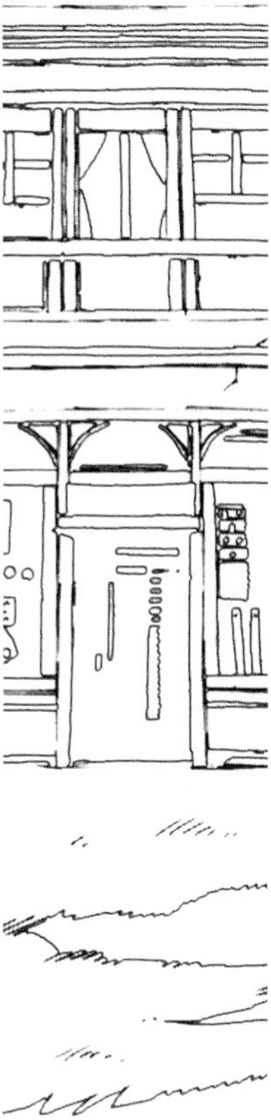

許那麼做。然而我是覺得自己並不擅長說謊，才決定不那麼做，當時我這麼做了，往後應該也是一樣吧？

「這就是本店最引以為傲的商品。」

話一說完，我就把商品裡最小的「五號」拿到奇諾跟漢密斯面前。

首先是請她們看看這項商品。我放在桌上讓她們自己看。因為我覺得能夠讓客人自由觀賞、觸碰、並仔細端詳商品的店才是一家好店，這也是我一直追求的目標。

以前我家鄉東街的工具店就很過份。

工具本來就是要握過才知道好不好用，可是店家就只會把它們擺在玻璃櫥窗裡，店員還理所當然地說「唯有客人要買的東西，我們才會拿出來」。

我還記得自己常常因此氣得走出那家店呢！

當時我就想，如果我決定要自己開店，鐵定不會開像這樣子的店。只是說當時還覺得這夢想很遙遠，想不到現在竟然實現了。

要是奇諾沒有我當時感受到的那種嫌惡，就證明我是那種能從不好的例子中學到經驗的人，讓我覺得有點高興。

「請問這是什麼？」

看了一會兒之後，奇諾開口問道。

「乍看之下，妳覺得是什麼呢？」

我稍微（當然是在不冒犯客人的情況下）用略帶玩笑的語氣問她。能夠跟客人解釋自己製造又引以為傲的商品，是一件非常快樂的事。

「一個造形乏味的藏青色公事包。雖然沒有提把卻有開關。」

漢密斯把他看到的據實說出來。

「沒錯，它看起來的確像個公事包。我也是故意把它做得像公事包的。不過，事實上它並不是。其實它是——」

我稍微吊一下她們的胃口。但是太過火的話，又怕客人會不耐煩地說要走了，所以只吊了一下下而已。

「它是一個超強力炸彈。」

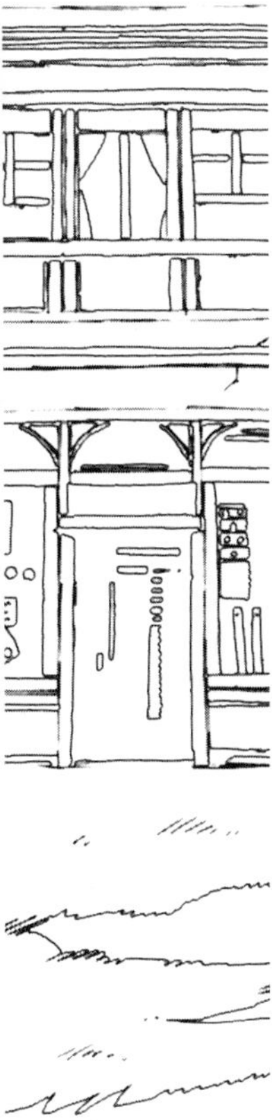

我如此說道。

正如我猜想的，奇諾跟漢密斯都很驚訝，還嚇到嘴巴張得大大的（漢密斯的外表是看不出來啦，不過我有那種感覺）。

『當商品的外觀與性能有差異，更能引起客人的興趣。留意引人注目的商品』，書上是這麼寫的。

「你說它是……超強力炸彈？這裡面真的裝滿了炸藥還是殺傷用的鐵片什麼的嗎？」

奇諾問道。

「是的，我這家店在販賣超強力炸彈。店裡也只擺這類商品。這是一家超強力炸彈專門店。而且我製造的超強力炸彈跟一般炸彈完全不同。其威力也是現階段的爆裂物所無法比擬的。我這兒有粉多這類商品呢。」

好久沒說這類推銷的話，害我舌頭一時轉不過來。而且面對許久沒上門的客人，我也感到非常緊張。虧我之前練習了很久的說，實在有些丟臉。

「真是不好意思──只要有這一枚，無論多大的國家都能夠夷為平地。與爆炸同時產生的高溫及衝擊波，會把地面上的萬物、人類全部融解、炸碎、砍倒、燒盡。甚至以後來到爆炸遺跡的人也會患病，慢慢在痛苦中死亡。」

「這是運用什麼原理製造的？」

漢密斯問道。

「基本上跟太陽一樣，是利用核融合的原理。」

我按照事前準備好的答案回答。

只這麼說，能聽懂的只有漢密斯而已，接著我對奇諾用淺顯易懂的方式解釋。可是看不出奇諾對炸彈的構造是否完全理解。

可是，奇諾倒是很快就能記住商品的基本名稱。

「那個能夠輕易把一個國家夷為平地的『氫彈』，是你製造的嗎？」

「是的，沒錯。」

「就你一個人？」

「是的。」

我像個優秀店員，簡單明瞭地回答奇諾跟漢密斯的問題。接著我對商品做進一步的說明：

「有一天，我在我的家鄉突然想到這個原理，試著做做看，想不到就開發成功了。可是很遺憾的是，我的國家沒有任何人需要這些炸彈。於是我就在國外開店販賣。今天是我開店後的第三千一百零二天呢。」

奇諾問道。

「你沒有想過自己用用看嗎？」

「我沒想過。畢竟我又沒有想毀滅的國家或想殺的人，只要能夠製造出自己想做的東西，就心滿意足了。我覺得有人負責製造，有人負責使用是天經地義的道理。只要想使用的人能夠購買並使用它，那製造者就會很滿足了。」

我如此回答。不論在何時，只要被問到這個問題，我都會如此回答。

接著我轉到最重要的話題。

「奇諾、漢密斯。要購買我製造的氫彈嗎？我想你們有一天在旅途上會用到的。譬如說用它來炸掉你們看不順眼的國家，或是在大自然中炸出一座新的湖泊。如果想自殺的話，還能帶無辜的大自然、動物及人類一起陪葬。」

『直接推銷是最重要的關鍵。如果對自己的商品有信心（沒有的話就傷腦筋了），儘管鼓起勇氣推銷』，書上是這麼寫的。

「目前本店正舉行買一送一的特別拍賣，妳可以搭配相同或威力較低的商品。兩項商品都附有可設定成三秒至一百天的限時雷管。而且提供能把外觀塗上妳喜歡的顏色，以及在上頭刻名字的服務。」

『賦與商品”更進一步“的附加價值是再好不過』，書上是這麼寫的。

「我對我的商品絕對有信心，也都有定期做啟動檢查，因此不可能會有啞彈的情況發生。可是如果發生兩枚都是啞彈或爆炸威力讓妳不滿意的情況，歡迎隨時拿回來退貨。」

『售後服務能讓客人安心』，書上是這麼寫的。

奇諾稍微考慮了一下。

「順便問一下，價格是多少？」

這是漢密斯問的，也是個理所當然的問題。

「以客人出的價錢為準，以物易物我也接受。」

這是我的標準答案。

看來奇諾似乎在考慮。我當然不曉得她在想些什麼。

過沒多久，奇諾搖搖頭說：

「很遺憾，目前我們並不需要『氫彈』。所以我們不買。」

聽到這個答覆，我當然深感遺憾。

可是最好的結果當然是有需要的人來購買它，不需要的人不買也是理所當然的事。

後來，奇諾說如果我有什麼食物的話，她很願意向我購買或交換。我說如果只是這點要求，不需要付我任何錢，妳想拿什麼就儘管拿吧。

我把平常種的蔬菜、以前殺牛時做的肉乾、跟煮沸密封的水等等拿給奇諾。雖然只是趁我倉庫還有很多這些東西的時候分一些給她，不過奇諾非常高興，還向我道謝。

「不用謝，就當做是我送給客人的一點來店禮吧！」

我如此說道，還補上一句：如果需要我的氫彈，歡迎隨時來購買。

接著我跟奇諾聊附近的國家跟道路的話題。

由於正好到了中午，我邀請她留下來吃午餐。我把事先解凍的肉烤一烤，然後我們一起吃掉。我已經很久沒跟別人用餐了。

吃過午餐，奇諾再次為食物的事情向我道謝。接著就騎著漢密斯往西離去。

奇諾她們離開之後，我在打掃時順便改變了一下店裡的佈置。
我考慮把一項商品擺在貨架上。這樣客人一進來就會看到商品。
這樣的話就得把貨架改得堅固些了。我打算明天再來動手。

好久沒寫這麼長的日記了。光是打字就快讓我的手痠死。
今天是非常充實的一天。雖然很遺憾沒能賣出商品，但畢竟客人又用不上，這也是沒辦法的事。不過有客人上門就讓我很開心了。
希望下次上門的客人會購買我的商品。

對了對了，我把沒吃完的肉燉煮後當晚餐，還真好吃呢。

開店第三一〇三天（晴）

今天也沒有半個客人上門。

過去從沒有過客人連續兩天上門的情況，我想往後也不可能再有。

當然我也不會就這樣關上店門休假。

我把貨架加強得更堅固，然後把一個塗成我最喜歡的藍色的「三號」陳列上去。

果然商品擺在貨架上，看起來似乎就比較體面些。我看暫時就這麼做吧。

中午我炒了蔬菜跟肉，剩下的留到晚上才吃掉。

店舖日誌

第四話
「英雄們之國」
—No Hero—

第四話「英雄們之國」

—No Hero—

奇諾一面吐著白氣，一面把包包從漢密斯的載貨架上拿下來。她穿著黑色夾克，頭戴著帽子，臉上戴著防風眼鏡。右腿則掛著「卡農」。

她打開包包，上蓋內側放了呈分解狀態並綁在一起的步槍式說服者。

「想不到這麼快就派上用場了呢，奇諾。」

「是啊，我可是一點都不開心呢！」

步槍前後拆開，後半部是木製槍托跟狙擊用瞄準鏡。前半部的黑金屬槍身跟附在旁邊的長型圓筒非常引人注目。

「一共有七個人呢！」

「太好了！」

奇諾把步槍的前後槍身組好並鎖住。再把繫在後方的皮背帶拉到前方。接著從漢密斯後輪旁的一個箱子裡取出肩背式的布袋。然後從裡頭取出裝有九發子彈的彈匣裝入步槍裡。

「對了對了，後來妳幫那把步槍取了什麼名字？」
「我叫它『長笛』。」
奇諾扳開「長笛」的輪盤，裝進一枚子彈。然後把布袋斜背在肩上，再把布袋底部的角角塞進皮帶裡以防止它滑動。她一面從裡面拿出「卡農」的備用彈匣一面開口說：
「漢密斯。」
「嗯？」
「如果我沒有回來，到時候就讓別人把你騎走吧！」
「了解，不過我是希望能讓同一個人騎啦！」
奇諾摸了一下右腿的「卡農」，
「我會努力的！」
隨後就把備用彈匣放進皮帶上的包包裡。
「原則上我還是說一聲吧——再見，奇諾！」

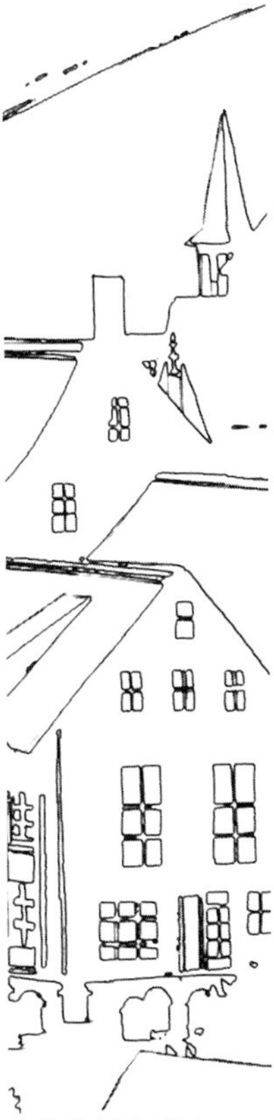

「喔——再見。」

奇諾如此回答，然後漢密斯用毫不緊張的語氣說：

「嗯，那麼就這樣囉！妳路上小心，不必幫我帶禮物啦！」

「好，那我走了。」

奇諾說道，臉上還露出有點兇險的微笑。

奇諾慢慢地從那裡探出頭去。

那裡是一道通往中庭方向的拱門，街道兩旁是外觀相同的集合住宅，而漢密斯就藏在中庭裡。

天空烏雲密佈，讓天色顯得一片灰暗。偶爾還吹起強勁的冷風。

夾在三層樓高的磚瓦房中間的街道沒有半個行人，四處都是破裂的玻璃窗。雜草從地面的石板夾縫探出頭來，但大都自然乾枯掉了。

奇諾衝出去，全速跑到對面的建築物旁邊。

就在她躲到玄關旁的階梯那一瞬間，子彈朝奇諾飛來並與她擦身而過。只聽到速度遠超過音速的子彈發出猛烈的聲響。

「看到你了！」

奇諾看到對面街道出現手持步槍的人影，唸唸有詞地說道。

然後一個轉身，消失在建築物的旁邊。

「沒打中，跑得真快。」

高個兒的男子說道。

「看來是個年輕人呢，還把摩托車丟在一旁啊……對方手上有步槍，小心點！」

手持望遠鏡的禿頭男說道。旁邊的男人們也紛紛點頭。

這群男人共有七個。

分別是禿頭男、矮個兒男、落腮鬍男、壯碩男、戴帽遮臉男、瘦高男、背著大背包男等等。

就外表來看，他們應該都超過五十歲。身上還穿著滿是補丁的同款服裝，每個都穿著藏青色的厚長褲跟夾克。然後在腰部跟胸部纏著附有彈藥袋的皮帶。唯獨禿頭男在右邊腰際還掛著裝有掌中說服者的槍套。

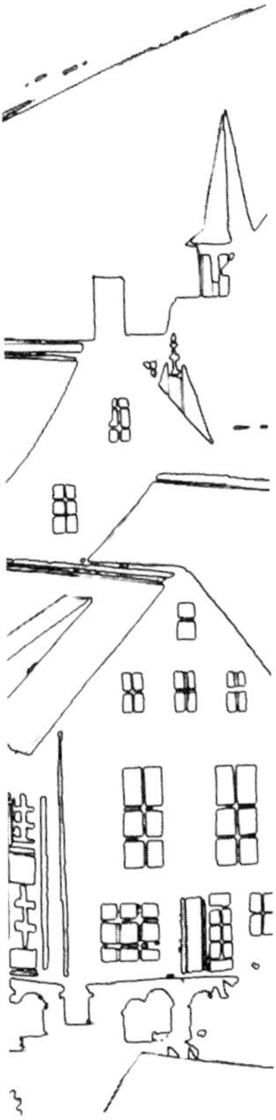

他們手上全都握著步槍式的說服者。每一把都是每開一槍就得用手動的方式退出彈殼並填裝子彈的單發式。槍身還裝了木製槍托。

剛剛開了一槍的高個兒男子不停地重覆操作槍栓。只有他的步槍裝有狙擊用的瞄準鏡。

禿頭男說道：

「準備追吧！」

男人們把說服者握在腰際的高度，貼著街道左右兩側的牆壁緩緩前進。

他們通過停放漢密斯的中庭前面，靜靜觀察奇諾藏身的後巷。他們發覺巷子左右都無處可躲。

男人們沒有發出任何聲音，然後遵照禿頭男左手的指示，兩個人一組互相掩護並快速移動。

他們穿過窄小的巷子，來到景物有些相似的隔壁街道。那裡也是一個人也沒有。

打前鋒的戴帽男發現模糊到幾乎看不見的腳印。他回去找那些躲在巷子裡的男人，然後對禿頭男說：

「那傢伙往東跑了。」

「東區有很多寬敞街道，並不好躲耶！」

站在旁邊背著背包的男人說道。

「對方可能不知道吧?真是天助我也!」

隔壁的矮個兒男邊笑邊說。

過沒多久,

「不——那傢伙跑到下風頭的地方了。這樣他那邊的聲音不會傳過來,但是能清楚聽到我們這邊的聲音。」

高個兒男說道。吹過街道的風捲入巷子裡,揚起一些沙塵。

「…………」

男人們沉默地互看對方,並且吐出白色的氣息。

禿頭男輕輕地點了好幾次頭,然後說:

「千萬不要大意,那傢伙比我們想像中的還要優秀!就照目前的情勢把他追到東城牆——然後乾淨俐落地作掉他!」

「了解!」「知道了!」

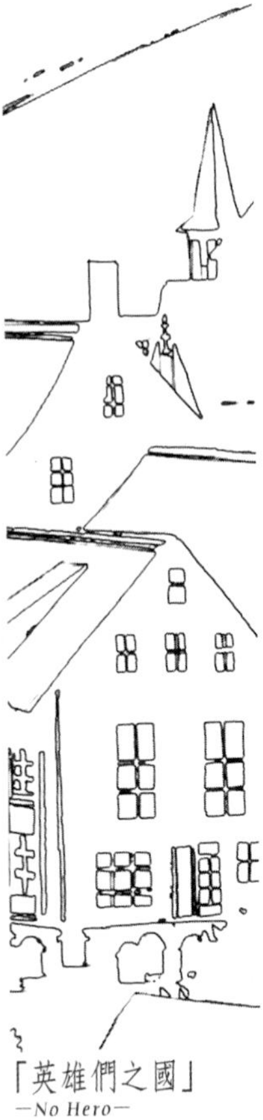

男人們緊張萬分地回答。

這條叉路夾在成排的集合式住宅間的道路往東延伸，直到枯樹的公園後再分成左右兩條路。

男人們兵分二路，沿著道路兩旁的建築物緩緩挺進。遠在道路前方的公園看起來顯得十分渺小。

戴帽男打前鋒跟著腳印前進。他把說服者低舉在腰部的高度，小心翼翼地走著。腳印沿著馬路右側一直往公園的方向延續。

男人們安靜前進，直到很接近公園、可清楚看出枯樹形狀的距離。突然間，戴帽男停下腳步。他左手握拳並舉到肩膀高度，跟在後面的那些男人便停下腳步。同時，所有人開始全方位警戒，跟在最後面的兩個人則舉起說服者指向後方。

「…………」

戴帽男用銳利的眼神看著腳下的腳印。

原本一直延續的腳印至此竟然消失了。而旁邊也沒有跳躍後留下的腳印或是能夠跳過去之處。

戴帽男慢慢往後退四步。

然後再度踩著自己的腳印，確認那個腳印跟追逐中的腳印深度。然後轉身，小心翼翼地逐步走回來。其他男人只是在一旁靜靜地觀看。

戴帽男停了下來，他的腳步聲變得有些紊亂，原來右邊有個很大的跳躍痕跡。男人抬頭一看，只見一條陰暗的巷子，而且早已被崩塌的屋頂瓦礫堵住。

戴帽男將說服者瞄往巷子裡。

這時他的右腿突然被炸得血肉橫飛。

「嗚啊！」

慘叫聲跟倒地的聲音響遍整條街道。

「有人在狙擊我們！」

站在附近牆邊的壯漢大叫。所有男人則貼著牆壁趴下。被擊中的男人扭動著身軀仰躺在地上，兩手壓著中彈的右腿，鮮血不斷從指縫間流出來。

「子彈是從哪裡來的？」

禿頭男大吼。

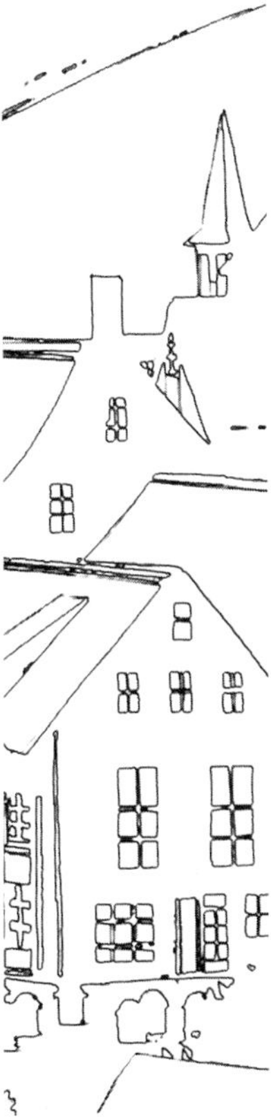

戴帽男一臉痛苦地舉起右手想指出方向。但就在那一瞬間，第二槍打碎了他的左膝。

「哇啊！」

戴帽男痛得在地上不停打滾。鮮血不斷從兩腳流出，痛得他直抽搐。

「可惡！子彈究竟是從哪裡來的？」

「根本就沒聽到槍聲！」

「是從哪裡呢？」

男人們緊貼著牆壁大喊，視線全緊盯著前方。

奇諾在瓦礫旁舉起「長笛」，透過狙擊鏡窺視前方。槍管前端鎖著一個圓筒，槍聲就是靠這只滅音器才幾乎聽不見的。

透過狙擊鏡所看到的視野裡，又暗又窄的巷子前方有一條大馬路，還清楚看得到有個男人正倒在那兒。

男人張著嘴巴哀叫著。

「嗚啊啊啊啊！」

被打中的男人發出哀號，他試圖用手爬到稍微安全的地方。只可惜他使不出力氣，導致身體幾乎都沒有移動。

「等一下！我過去救你！」

壯碩男放下自己的說服者並拿下彈藥帶，衝出去救助倒在地上的伙伴。

此時奇諾對著新目標只稍微瞄準一下就開槍。

「不要出去！」

落腮鬍男才剛說完，衝出去的壯碩男腦袋已經像掉在地上的爛番茄被轟掉了一半。壯碩男雙手朝倒在地上的男人伸出，身體往前倒並發出沉重的倒地聲。隨即就動也不動了。

看到鮮血跟腦漿往左邊噴灑，高個兒男大叫：

「是右邊！不是前面！攻擊是來自旁邊的巷子！」

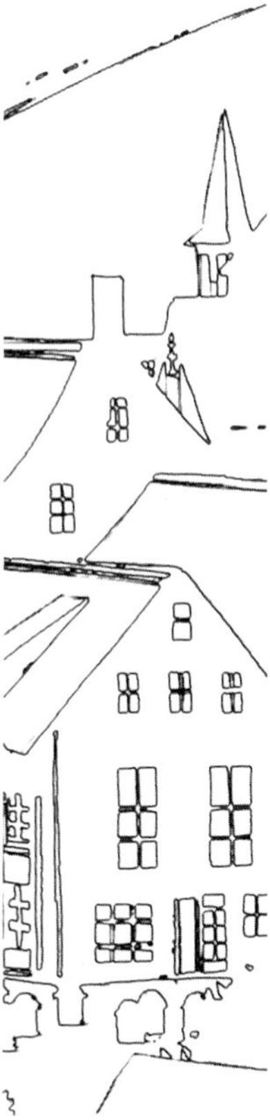

「煙霧彈！」

禿頭男話一說完，男人們便點燃手上的煙霧彈丟出去。

煙霧彈撞到巷子的牆壁後掉落在地上，隨即冒出暗紫色的煙霧。

就在煙霧變濃之前，奇諾又朝躺在地上掙扎的男人腹部開了一槍。

開完槍之後，就撿起掉在身邊的四個空彈殼，迅速逃離現場。

巷子裡的煙霧不一會兒就被吹過馬路的風吹散。

高個兒男舉槍朝巷子裡瞄準，不過裡面已經空無一人。

禿頭男在中槍倒地的戴帽男身邊蹲了下來。

他的腳跟腹部早已染成通紅。背包男拼命拿布幫他止血，但就是止不住，還冒出些許熱氣。

「對不起……我拖累了大家……」

戴帽男氣若游絲地說道。

「不要說話！」

禿頭男說道。

「夠了……我已經看不到任何東西了……」

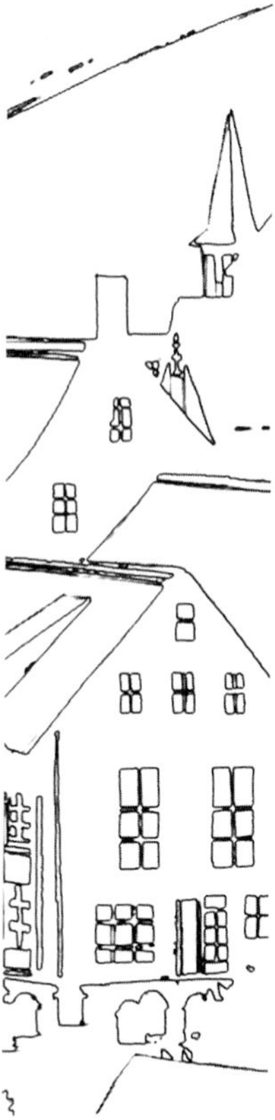

不一會兒，戴帽男就睜大眼睛流著眼淚死去了。

「…………」

禿頭男靜靜闔上同伴的眼睛。接著把手伸進屍體的胸口，拿出掛在頸鏈上的墜子，那是個呈星星形狀的小圓墜子，他解開鏈子，將墜子放進胸前的口袋。

「…………」

落腮鬍男一語不發地把壯碩男的墜子拿給禿頭男。

禿頭男接過來之後，一樣很慎重地把它放進口袋裡。兩個金屬物品輕觸時發出了清脆的聲響。

兩具屍體被放在石板地上。臉上還蓋上了白布。

「待會兒再埋葬他們吧，等我們殺了那傢伙以後。」

禿頭男說道。

「那傢伙拿的很可能是自動連射式，可以降低槍聲、精準度又好的槍，想必是一把很不賴的說服者吧。」

背包男一面以手上的說服者瞄準著周遭一面說道。

矮個兒男點點頭並附和道：

「要是我們也有那種說服者就好了。」

禿頭男語氣平淡地說：

「現在說這些都沒用，我們只能以手上的武器盡人事了。」

禿頭男從懷裡拿出地圖並把它攤開，為了不被風吹走而把它壓著。在那份褪色的地圖裡，正確描繪出這個圓形國家的模樣。往東走有幾條平行延伸的道路，以及位於道路盡頭的橫長型公園。公園另一頭一樣是矗立著集合住宅的街道，不過上面卻用筆標明「幾乎都已崩塌」。

「那傢伙以為他逃得了嗎？」

矮個兒男問道。

「如果是我，可能還會在某處埋伏吧？我猜他不太可能會丟下一路騎來的摩托車，只是那引擎聲實在是太吵了。」

落腮鬍男答道。

「照這麼說……他會穿過公園進入『瓦礫街』嗎？」

背包男問道。

禿頭男看著地圖沉思了幾秒，然後說：

「應該只會到那裡……的前方而已吧。如果他有考慮到我們很快就會追上去，那他應該沒時間穿過公園。因此倒不如躲進前方的建築物，再從後面狙擊在街道或公園裡的我們，讓我們全軍覆沒。你們覺得呢？」

高個兒男沒有停下高度戒備的眼神，輕聲地說：

「如果是我，我也會那麼做。如果槍是自動式的，一次就能夠幹掉我們所有人。」

禿頭男輕輕地點頭贊同。

「那我們兵分兩路，從公園的兩個角落搜索所有陽台——殺他個出其不意！」

「好無聊哦……」

漢密斯碎碎唸著。

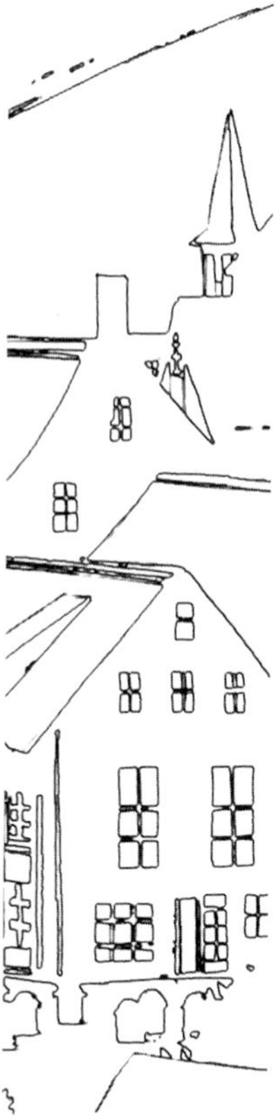

「英雄們之國」
—No Hero—

在沒有半個人的中庭裡，毀壞的窗框跟散落的曬衣竿被風吹得嘎嘎作響。

「真無聊……」

就在它又碎碎唸的時候，遠處傳來了槍聲。

「啊，奇諾會不會被幹掉啊？」

漢密斯說完，隨即又聽到好幾聲的槍響。

「啊，她還活著！她還活著！」

「想不到他們這麼快就發現我。」

奇諾一面跑下樓梯一面說道。

矮個兒男跟背包男，朝奇諾藏匿的三樓陽台開了幾槍。跑到一樓的奇諾穿過客廳，一腳踢開了玄關的門。子彈隨即飛來，剎那間木屑飛揚，同時也開了兩個洞。

「右邊有兩個人啊……這麼說他們是兵分二路囉？」

奇諾目前是在位於街道東側角落，面向公園的集合住宅中最邊邊的房子裡。敞開的大門正面對著沿著公園南北延伸的道路。再過去就是長滿一片枯樹的公園。

「要是被包抄就絕對不妙了。那就往人少的那邊……」

奇諾朝房屋南邊走去，找到了浴室裡的毛玻璃窗。她緩緩地把積滿灰塵的窗戶往上開，然後來到了中庭。穿過拱門之後再拐進東西向的大馬路轉角。然後抱著「長笛」趴在地上，做好隨時射擊的準備。

奇諾朝公園的方向窺探。街道另一頭也有中庭的入口，左側就是這條路跟沿著公園的道路的交叉口。

就在對面建築物的轉角，出現了步槍槍管前端，然後是矮個兒男的臉。

就在奇諾把臉縮回的那一瞬間，子彈從彼端飛過來，並彈到石板地。

奇諾起身把「長笛」背在身上。右手拔出「卡農」衝出轉角，也沒瞄準就開了一槍。

子彈朝公園飛去，不過男人們一聽到槍聲全往後退。

奇諾馬上換左手握住「卡農」，騰出來的右手則伸進布袋拿出一罐瓶子。那是一個藥瓶，裡面裝的是綠色的液體火藥。瓶口還插了一根短短的導火線。

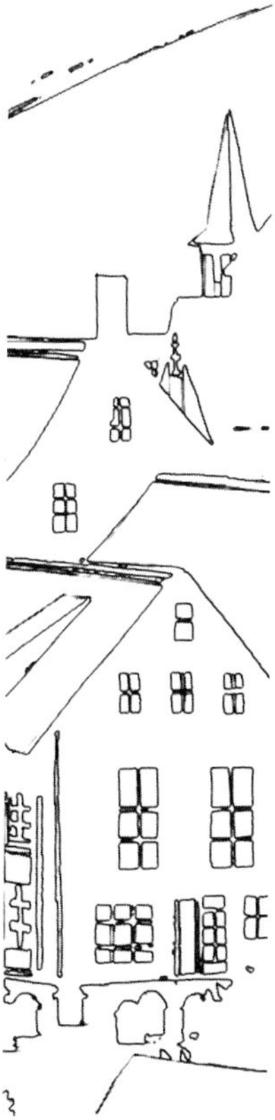

奇諾又開了一槍「卡農」，這一槍是為了要點燃導火線。子彈把中庭的牆壁打了一個洞。

奇諾由下往上地把它高高地丟出去。瓶子緩緩橫越街道，落在建築物的角落附近。瓶身並沒有破裂，只發出「咚」一聲。奇諾馬上往後退並蹲下來。兩手塞住耳朵並張開嘴巴。

瓶子爆炸了。

矮個兒男馬上起身將伙伴拉倒。他們腳對著轉角趴倒在地上。

「快趴下！」

蹲在角落準備瞄準的矮個兒男，看到瓶子往自己這邊丟來，趕緊大喊：

「是手榴彈！」

爆炸後冒出液體火藥特有的大量白煙，籠罩了整個十字路口。

正從北方沿著公園的路趕往戰鬥現場的三個男人，也都看到那副景象。過了一秒，便響起低沉的爆炸聲。

「那傢伙呢？」

落腮鬍男說道。

高個兒男用狙擊鏡窺視。白煙馬上消失不見，但是透過狙擊鏡裡的十字準星卻看得到人影晃動。倒在地上的兩個男人正準備爬起來。

「他們兩個還活著！」

高個兒男說道，禿頭男則說：

「過去跟他們會合，待在馬路上太危險了。等一下從中庭過去，只要看到那傢伙就開槍！」

三人走進附近的道路，再從附近的中庭穿過一棟棟建築物到那兒去。

然後高個兒男負責守備南方，落腮鬍男則守備北方。

那裡的石板地被炸得焦黑，建築物也有些缺口。附近的玻璃窗幾乎全被震碎了。

禿頭男看到那兩個人便扶起他們的上半身，以便檢查是否有什麼嚴重的傷口。然後再把他們拖到旁邊的建築物裡，讓他們背靠牆壁坐著。

「要不要緊哪？」

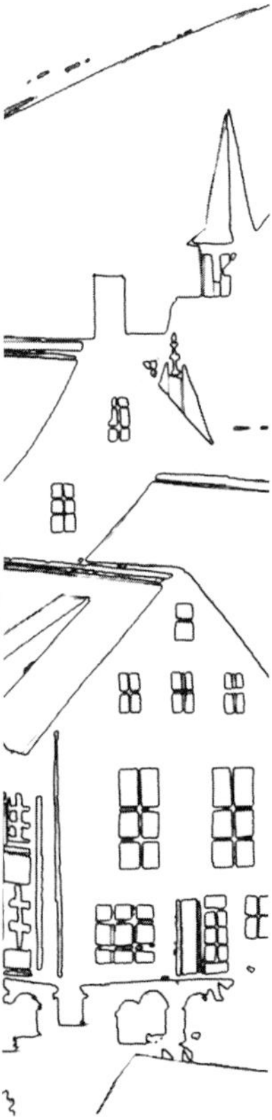

背包男猛搖好幾次頭，塵埃不斷從頭上落下。

「我耳朵都還嗡嗡作響……咳咳！除此之外，我沒事！」

「我們還行，還能作戰呢！」

矮個兒男說道。他滿臉都是擦傷，臉頰還流著血。褲腳有些燒焦。

「是嗎……」

禿頭男把茶壺遞給背包男。

「那傢伙不見了……會是死了嗎？」

矮個兒男一面擦著臉頰上的血一面問道。

禿頭男回答：

「不，他還活著。照理說他應該是害怕遭到包抄，於是趁爆炸的時候，和我們一樣穿過中庭逃到南方。他的腳印全被塵埃給蓋住了。」

「王八蛋……」

矮個兒男氣呼呼地喃喃自語。他的嘴巴破了，血從嘴角流了出來。背包男則一語不發地把茶壺交給他。

就在矮個兒男吐出混有血絲的水之後……

「找到了！他正穿過公園！」

高個兒男說道。半跪著的他把右肘放在右膝，左肘放在左膝，舉著步槍透過狙擊鏡窺看。

全體人員朝同一個方向望去。禿頭男拿起望遠鏡尋找目標。

在枯枝與雜草叢生的公園，位於南方相當遠處，以肉眼可看到一個如米粒般大小、跑過那裡的人影。透過望遠鏡連步槍的形狀都清晰可見。

「距離很遠，幹得掉嗎？」

禿頭男問道。

「…………」

高個兒男沉默不語地把步槍的皮背帶纏在左手上。他把步槍固定好之後，再從狙擊鏡裡的十字準星捕捉正在奔跑的射擊目標。他瞄準略上方的位置並開了一槍。

響亮的槍聲響起。男人們看著目標，目標則繼續奔跑。

他趕緊將第二發子彈上膛。

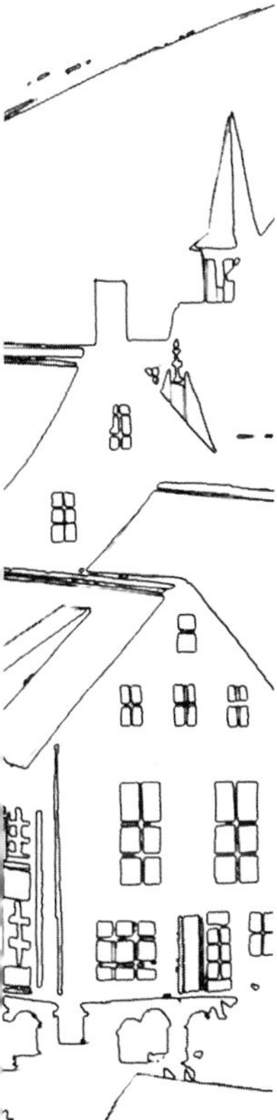

「…………」

高個兒男又開了一槍，不過目標還在跑。

第三發。強風吹起，沙塵滾滾。

第四發。目標還在跑。

第五發擊出。目標就在剛好跑過公園的時候倒下了。

「幹掉了嗎？」

在他後方的背包男問道。

「沒有，他自己趴下去了。」

用望遠鏡瞭望的禿頭男說道。就在矮個兒男問「為什麼？」的那一瞬間，

「大家快趴下！」

禿頭男大聲喊叫。因為他透過望遠鏡看到對方正朝這邊瞄準。

「！」

男人們立即趴在地上。

唯獨高個兒男將最後一個空彈殼彈出之後，還維持著原本的姿勢。

奇諾聽到第五發子彈劃破空氣聲，便假裝倒地往斜前方趴下，躲在公園略為隆起的枯草地上。

她舉起「長笛」透過狙擊鏡窺視，看到男人們全趴在地上，又轉向剛剛對自己開槍的那個人。

奇諾瞄準那個男人。但是雙方的距離有點遠，而且還刮著風。她略把十字準星往男人的斜上方移動。

她開槍了。而且不斷地射擊。

並沒有槍聲傳出，只聽到子彈咻咻地不斷飛來，接連把附近的石板地跟建築物的磚瓦打碎。

四個男人趴在地上用手護著頭，唯獨高個兒男繼續舉著沒子彈的說服者坐在地上，透過狙擊鏡緊盯著朝自己開槍的人。

「…………」

他一語不發地緊盯著。

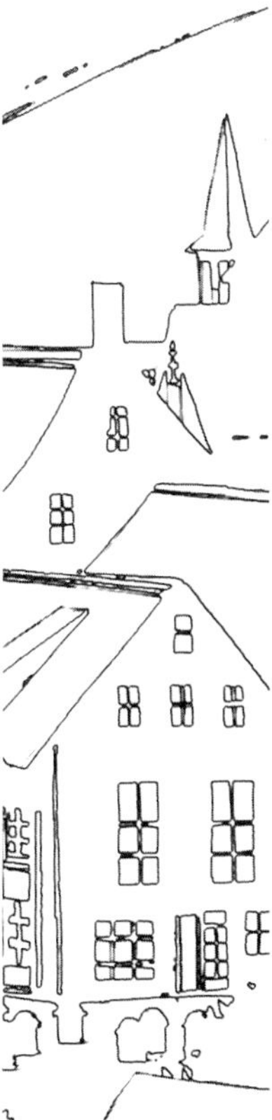

「英雄們之國」
—No Hero—

當彈匣的九發子彈全用盡時，「長笛」的槍栓已經卡到了最後端。

狙擊鏡裡看到的男人依舊擺著相同的姿勢。

「沒打中嗎……我還想說至少會中一發呢。」

奇諾馬上站起來，抱著槍管依舊冒出輕煙的熱騰騰的「長笛」，在只剩一點點距離就跑完的公園裡跑著。

她一穿過公園就跑進大馬路。出現在眼前的是一片堆積如山的瓦礫。

「準備追！大家往兩旁散開！避開那傢伙逃進去的街道，立刻穿過公園！『瓦礫街』太高無法攀登，記得要警戒前方！」

禿頭男下了指示，原本趴在地上的男人們都抬起頭來，以皺紋滿佈卻炯炯有神的雙眼緊盯著前進的方向。

「我們走吧！」

臉上傷痕累累的矮個兒男，拍拍一直坐著的高個兒男的肩膀。

「喂……」

高個兒男開口說話，而汗水則沿著他的臉頰流下來。

「幹嘛？」

高個兒男從彈藥袋裡取出五發玫瑰子彈。

「我要……親手……殺了那傢伙……」

他一發一發地把子彈裝進步槍裡。

「沒錯。」

矮個兒男點頭贊同，並扶起把所有子彈裝填好的男人。

「我絕對要殺了他！」

站起來的男人一臉猙獰地說道。

「知道了——走吧。」

高個兒男走在五個人的最後面。

從他夾克的側腹部開始慢慢滲出鮮血。

爆炸聲響過後，緊接著又傳來五聲槍響。然後又變得鴉雀無聲。

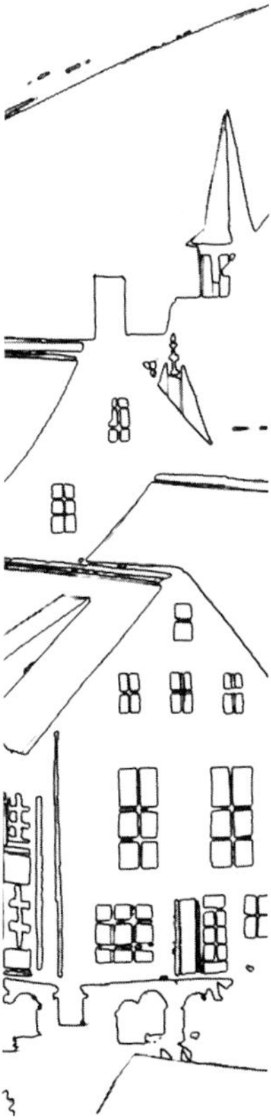

「英雄們之國」
—No Hero—

「還在打啊？想必對方讓奇諾感到相當難纏吧——或者是奇諾讓對方覺得難纏呢？」

漢密斯唸唸有詞地說道。

「好無聊哦……天氣狀況差，停放在建築物下方是沒什麼不好。但是天氣就要開始變冷了，要是開始下起雪來，不曉得奇諾該怎麼辦呢？我實在很不希望每天都要嚐到翻車的苦頭耶……」

漢密斯再一次碎碎唸。

「應該在這兒吧……」

背包男說道。

這條馬路散落著兩側集合住宅二樓以上遭到破壞後崩塌的殘骸。瓦礫雖然讓路面變得難以立足，卻製造了許多可以藏匿的地點。男人們躲進了約一個人高的瓦礫堆裡頭。

「喂！」

矮個兒男對高個兒男喊道。他指著左邊塌出一個洞的牆壁並微笑地說：

「我來引開他的注意。等一下我會跑去那個洞，只要對方一露臉就開槍幹掉他。這次我就算一兩隻手臂負傷，也會忍耐的。」

禿頭男跟高個兒男面面相對，彼此點了個頭。

高個兒男爬上瓦礫堆，慢慢地把頭跟說服者舉到快接近頂端的位置。

「我要殺了他……」

他如此喃喃說道。

「我走囉！」

矮個兒男衝出去，踏著瓦礫直奔洞穴。而高個兒男也在同時半蹲著站了起來，並發現到瓦礫堆前方同樣也露出了頭部跟步槍的對手。

「？」

高個兒男發現對方並沒有狙擊衝出去的男人。

原來對方打從一開始就粗略地瞄準自己所在的位置。在自己露臉的那一瞬間，他便完成了細部的方位修正。

「…………」

男人恨得咬牙切齒。

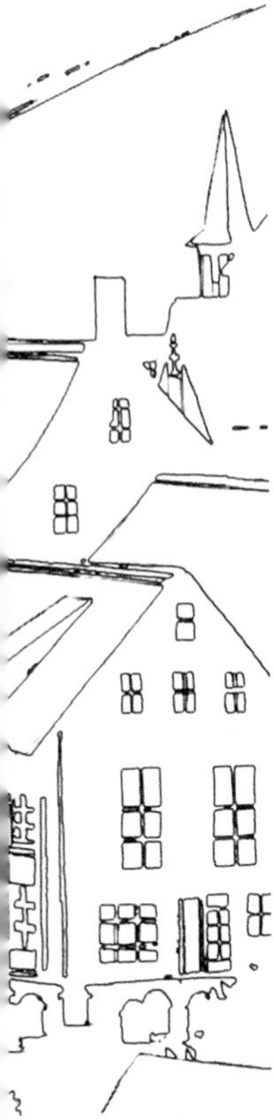

奇諾開槍了。

子彈在一瞬間飛到了瓦礫堆上方。並且命中高個兒男張開的左眼，直貫穿到腦後。

平安跑到牆邊的男人回頭時，看到了頭部噴血的伙伴從瓦礫堆上方摔下來。

「可惡！可惡！那個王八蛋！」

男人氣得大叫。他探出身子持槍瞄準，不一會兒他的步槍就被打飛了。第二發子彈擦過他右手臂，讓他受到了擦傷。

男人躲進洞穴裡，然後大叫：

「找到了！在那輛車後面！左下方！」

男人們藏匿的瓦礫堆前方，有一輛被磚瓦壓毀的廢棄車。禿頭男露一下臉確定奇諾的位置。

「有機會幹掉他，準備用槍榴彈！距離八十！」

背包男拿下背包，並從裡面拿出槍榴彈。那是前端呈圓筒狀的炸藥，後方較細的圓筒還裝有穩定翼。

他打開手上的步槍槍栓，裝進附有木製彈頭的專用空包彈。再把槍榴彈插入槍管前端，並拉起步槍旁的準星。

禿頭男說：

「目標正前方。」

背著背包的男人點點頭，隨即拔掉槍榴彈前端的保險栓。再把步槍的槍托插進地面，用準星照準角度，然後扣下了扳機。

砰！

槍榴彈在強烈的爆炸聲中射了出去。

奇諾聽到爆炸聲，就立刻做了反應。她從車子旁邊往右側衝，大概跑了有六步的距離時。

背後的汽車旁邊就發生了爆炸。

落腮鬍男對躲在牆壁裡的男人比出大姆指往下的手勢。矮個兒男用力搖頭。

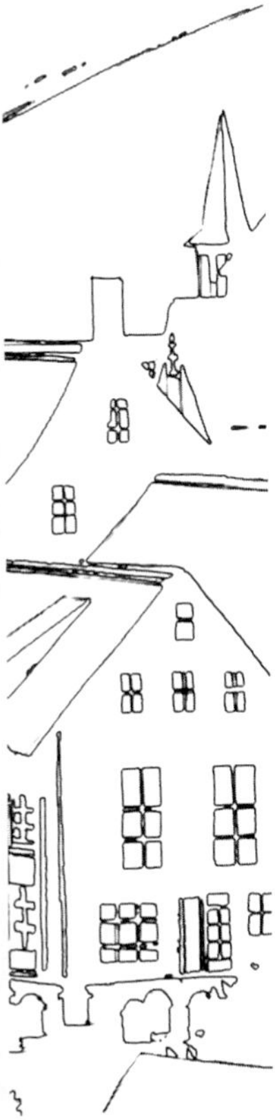

「英雄們之國」
—No Hero—

「他跑到旁邊了！在街道的左側！」

「再一發，角度往左邊一點。」

禿頭男說道。

放下背包的男人迅速裝好空包彈，接著在前端嵌上槍榴彈。瞄準好之後就發射了。

塵土及小石子不斷落下，原本趴著的奇諾爬起來。變成仰躺姿勢的她又馬上坐在瓦礫堆上。只見被直接命中的汽車玻璃全碎，變成了一堆廢鐵。

在第二次爆炸聲響起的同時，奇諾舉起了「長笛」。只見一團黑色物體在陰暗的天空下朝自己飛來。

奇諾並沒有透過狙擊鏡窺視。而是使用下方的金屬準星，瞄準呈拋物線朝自己飛來的物體，並開了一槍。

街道的空中不一會兒發生爆炸。

爆炸不僅發出陣陣黑色濃煙，還散落一地細小的碎片。

「什麼？」

發射出槍榴彈的男人驚訝地大叫。

「被擊落了！他把槍榴彈擊落了！」

緊貼在牆壁洞穴裡的矮個兒男大喊。

「好可怕的傢伙。」

落腮鬍男目瞪口呆地喃喃自語。

「王八蛋……」

矮個兒男狠狠罵了這一句。他的步槍還擺在瓦礫堆上。當他稍微露臉想探視前方的狀況時，子彈馬上就飛了過來。這次他的臉頰被劃了一道，建築物也被射碎了一塊磚瓦。

「可惡！」

男人被迫躲了回去。

奇諾依然舉著「長笛」，用左手把彈匣取出後再插上新的。

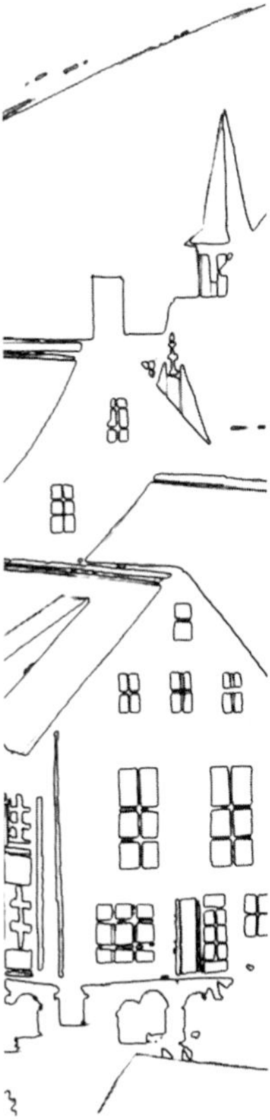

她輕輕搖頭，把帽子上的碎片甩了下來。

「我來！」

在瓦礫前的三個人之中，落腮鬍男這麼說。其他兩人則盯著他看。

在牆壁的洞穴裡，矮個兒男拿布纏住右臂的傷口，再用左手跟嘴巴把布綁好。

「把剩下的炸藥給我，我來幹掉他。總不能眼睜睜看著伙伴一個個送命……我來負責『說服』他。」

禿頭男看了落腮鬍男一會兒，然後問：

「為什麼非你不可？」

落腮鬍男說：

「我是這裡面年紀最大的吧？你們要敬老尊賢呀。」

「…………。好吧……」

禿頭男說道，然後從背包裡拿出一個小斜背袋，裡面裝有四枚箱形炸藥。另一個人則是從腰際的包包取出有根長線又長得像香煙盒的東西。那是雷管。

「拔掉後七秒內引爆。」

「知道了。」

落腮鬍男接下這個，停下原本小心翼翼把插雷管的手。然後從脖子拉出鏈墜並取了下來。

「這個就交給你了。」

他交給禿頭男。然後又補充一句：

「等一下再還我。」

「……知道了。」

落腮鬍男放開握在手上的鏈墜之後，用力和他握了握手，接著也握了另一個人的手。

落腮鬍男把炸藥的雷管插好，把斜背袋掛在脖子上。再把它轉到背後，好讓對方從前面看不到這個袋子。至於引線則藏在脖子附近。

「我有話跟你說！」

他大聲喊著：

「我有話跟你說！」

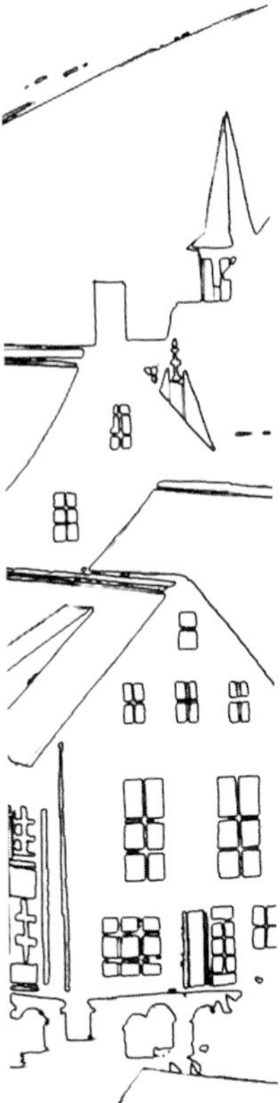

落腮鬍男高舉著雙手，從瓦礫堆中慢慢探出身子。
躲在牆壁洞穴裡的男人看到這副景象，隨即臉色大變，但是不一會兒馬上明白他的意圖。
落腮鬍男走出瓦礫堆，子彈並沒有飛過來。
他一面探著可供腳踩的位置，一面慢慢地前進。然後走過了牆壁的洞穴。

「我有話跟你說！」
男人的聲音隨著強風傳送到奇諾耳裡。
奇諾看了一下牆壁的洞穴，然後把槍口瞄準高舉雙手的男人頭部。
「我有話跟你說！」
就在落腮鬍男走到一半的時候，
「請你不要再靠近了，麻煩你就站在那裡說吧。」
前方有聲音傳了過來。剛好是男人勉強聽得到的音量。
「我有話跟你說！我手上並沒有說服者！讓我到那邊去！」
男人邊走邊喊。
「我聽得到你的聲音，請你站在原地說話。」

那聲音並不理會他的要求。而男人又繼續往前走。

「你再走過來我就開槍了，請你停下來。」

在距離只剩三分之一的時候，對方發出了警告。落腮鬍男看到正持槍瞄準著自己的對手。對方戴著帽子跟防風眼鏡，是一個年輕人。

落腮鬍男笑了一下，然後突然一面吼一面往前衝。

「喔喔喔喔喔喔喔喔！」

他右手抓著背後的袋子，左手緊握著引線。

第一發子彈打中了他的腹部。第二發則貫穿了他右側的肺部。

男人繼續往前衝，然後用左手拉了引線，右手用盡吃奶的力氣把袋子丟了出去。

就在他放手的那一瞬間。

第三發子彈打中了袋子。只見空中響起子彈打中布面的聲音，最後破了洞的布袋也失去繼續往前飛的力量。

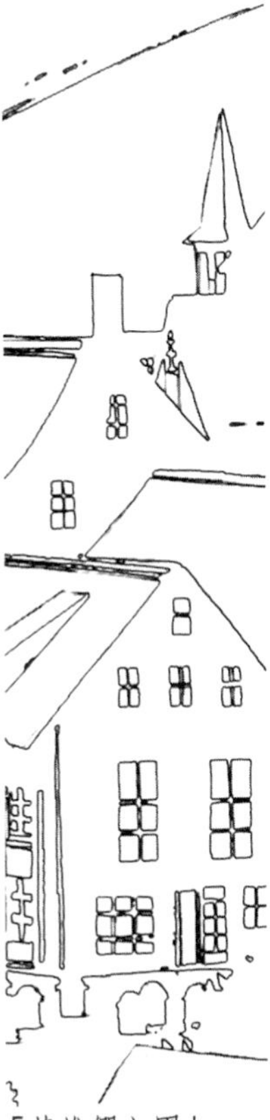

「英雄們之國」
—No Hero—

把布袋丟出去之後，趴倒在地上的男人眼看著布袋掉了下來。

「！——喔喔喔喔！」

男人邊叫邊把它撿起來，然後抱著它往前衝。

這次奇諾並沒有開第四槍，卻立刻翻身離開了那裡。

她避開快要坍塌的街道邊緣，開始全速逃往路中央。

炸藥爆炸了。

爆炸的氣浪直穿過街道。在猛烈的搖晃下，建築物開始崩塌。

原本躲在牆壁後頭的男人，也在滾滾沙塵中衝了出來。不一會兒牆壁就倒塌了。

街道捲起蕈狀雲一般的沙塵，眼前什麼也看不見。

爆炸的震撼力讓漢密斯稍微晃動了一下。

「喔，地震了地震了。」

漢密斯唸唸有詞地說：

「『目前的震度大約有一級半吧？——請震度較大的沿海地區嚴防海嘯發生。至於詳細的相關新聞，本台將隨時為您報導……』」

然後又自言自語地說：

「好無聊哦……」

不久之後起風了，把宛如廢墟的街道上的塵埃全給吹走。

「幹掉他了嗎……？」

禿頭男看著這下堆得更高的瓦礫堆說道。就在同時，建築物的一部分又崩塌了。

他開始尋找同伴。把背包背在左邊的男人，還有在略為前面的瓦礫堆的矮個兒男都趴在地上。

他們倆一面拍掉身上的塵埃跟碎石一面站起來，還咳了幾聲清清喉嚨。

禿頭男一面拉起同伴，一面撿起一個他找到的東西。

「幹掉他了嗎？」

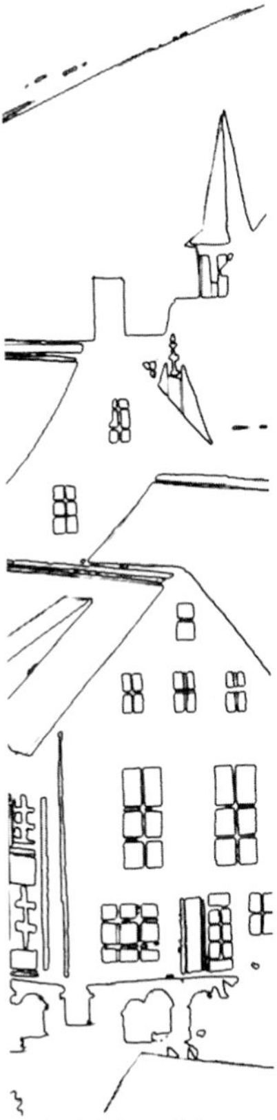

背包男問他。

「還不知道。」

禿頭男一面回答，一面將手上的東西拿給他看。那是一只右腳的靴子，裡面還插著從小腿以下斷掉的腳。

「…………」

那是他們熟悉的靴子。

「沒有，沒看到！」

把步槍舉到腰際的矮個兒男在瓦礫堆上打前鋒。跟隨在後的禿頭男，則舉起附有狙擊鏡的步槍瞄準前方。

「爆炸的威力那麼強大，會不會被炸得粉碎了……」

背包男說道。他的步槍已經插好了槍榴彈。

「還是不能大意！」

「我知道。」

越過爆炸的中心點，旁邊的牆壁黏著類似內臟的東西。就在他們又往前進的時候，

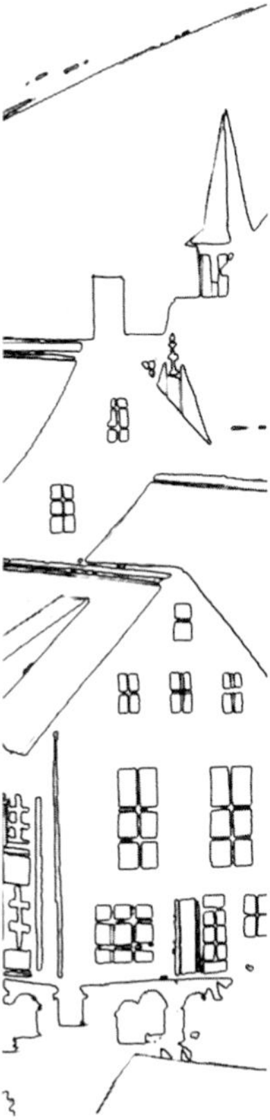

「找到了！是那傢伙的血！」

矮個兒男大叫。禿頭男一面防備四周，一面跑過來。

滿是瓦礫的街道上有一處小血泊，血跡是從那裡開始的。如姆指前端大小的血跡，一滴一滴地往前延伸。

「成功了，他流了很多血呢！」

矮個兒男說道。

「也得看他是傷到哪個部位……不過，他確實是受傷了。」

禿頭男面不改色地說：

「我們追！」

血跡一路往東延伸。

不久，左右兩側已經沒有搖搖欲墜的建築物了。取而代之的是高度不高但整個橫躺在地上的鐵欄杆。它的前方是一整片土地，旁邊還有寬敞的水泥建築物。是有著許多玻璃窗的三層樓樓房。

「應該是逃進校舍了。」

矮個兒男說道。三個人躲在停放在圍牆前方道路的兩輛廢棄車裡。血跡橫越欄杆，還縱貫整個校園。

「要伏擊他嗎？」

背包男說道。

「用槍榴彈，射程夠嗎？還剩幾枚？」

禿頭男壓低身體，用望遠鏡邊觀察邊問。背包男回答：

「射程夠。距離很近了，可以低空發射。榴彈還剩五枚。」

「我們就來個將計就計吧。我出去引開他的注意。就算他像先前一樣射擊我的腳，你們也不要出來，並持續朝那個房間發射四枚槍榴彈，聽到沒有？」

兩個男人點點頭並異口同聲地回答，

「知道了。」

「真是非常抱歉……可是……」

奇諾說道。只見她的雙手被染得通紅。

天空依舊籠罩著濃密的烏雲。

禿頭男一面壓低身體，一面舉起步槍一步步走過校園。一路上並沒有地方可供藏匿。

汽車兩旁有兩個以準星瞄準目標、並把手指扣在扳機上的男人。他們正屏氣凝神，盯著碎掉一半的校舍玻璃窗。

槍聲響起。

這聲音來自校舍，而且是連續四聲。然後是咻咻的子彈聲。

禿頭男趴倒在地上，然後喊道：

「是二樓！從右邊算起來第三間教室！」

兩人馬上做出反應，隨即朝那裡瞄準。從破掉的玻璃窗看得到槍管，高亢的槍聲就是從那裡傳出來的。發射出來的子彈從汽車上方高高越過。

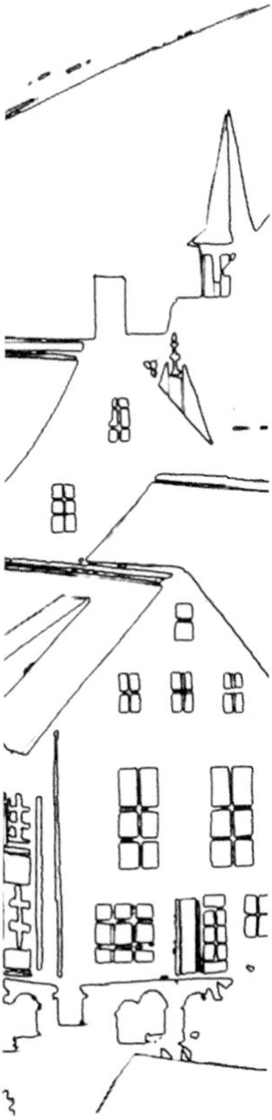

兩枚槍榴彈同時發射。

它們以低彈道的方式穿過玻璃窗飛進房間，隨即爆炸。

只見那教室的玻璃窗全被震得粉碎。破碎的玻璃紛紛掉在陽台上。

「再來！」

「好！」

他們射出第二枚槍榴彈。

兩枚都依他們瞄準的方向飛進窗框裡。

趴在操場上的男人一面注意聽著爆炸聲，一面透過狙擊鏡觀察。

坍塌的教室裡看不到任何移動的物體。也沒有人開槍攻擊。頓時變得鴉雀無聲，只聽得到風聲。

「幹掉他了嗎……？」

男人唸唸有詞地說道。

快乾掉的血跡橫越校園，又滴往校舍右邊的階梯，然後滴往二樓走廊。

矮個兒男探頭窺看又長又暗的走廊，血跡滴往第三間教室。從走廊就看得到一扇被炸掉一個絞鏈而懸空搖晃的門。

男人們擺出隨時能應戰的架勢在走廊上走著。走到門前時，其中一人舉起說服者負責掩護，另一個則把門踹開。

往房裡一看，只見天花板、地板及牆壁上都插著槍榴彈的碎片。有幾張書桌倒在地上，書桌的鐵製桌腳都嚴重扭曲。

「沒看到……」

看著裡面的矮個兒男說完便慢慢走進去。裡面沒有任何人，也沒有任何屍體。

禿頭男跟背著背包一面防備後方的男人也走進去。

「喂，是那傢伙的步槍！好像還能用呢！」

矮個兒男找到被壓在書桌底下的說服者，還用腳輕輕踢了一下。雖然有些碎片插在槍托上，不過機關部跟狙擊鏡剛好被壓在書桌下，因此沒事。

矮個兒男正準備把它撿起來，

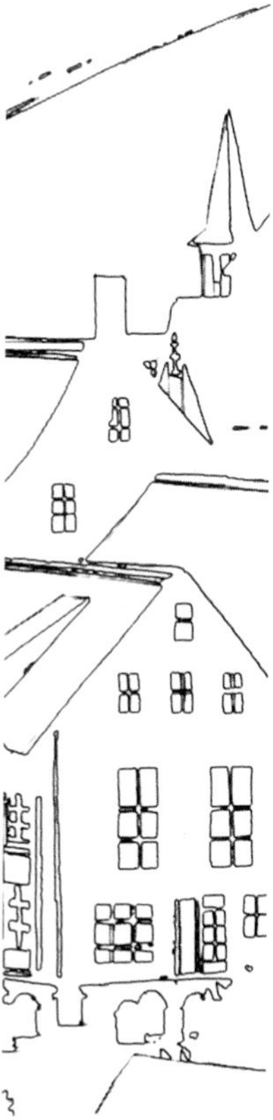

「等一下再撿吧，要先找到那傢伙的屍體。」

禿頭男說道。

正準備蹲下的矮個兒男又站了起來。他並沒有發現纏在「長笛」扳機上的細鐵絲。

「好！」

背包男發現書桌下有血跡，血跡穿過另一扇門到走廊去。這次不是一滴一滴的，反而像是在地板拖行所造成的。

「真是個難纏的傢伙！」

矮個兒男邊微笑邊說道。他率先再次到走廊去，地上只有左腳腳印，右邊則是血跡。

但令人掃興的是，這痕跡隨即進入旁邊隔兩間的教室。教室門曾經打開又關上。但是並沒有任何人從裡面走出來的跡象。

兩個人舉著步槍，矮個兒男蹲在門邊，慢慢地轉動門把。

咚！

門被推開了。一面發出咯吱的聲響一面敞開。

矮個兒男舉著步槍，視線則從地板上的血泊移到教室裡面。這道在地上爬行的紅血印往教室中央延伸，然後消失在前面的一張書桌上。

書桌上有一張他們熟悉的臉孔。

「…………」

那是一張長滿鬍鬚的臉。他緊閉著雙眼，看起來像在睡覺。後面連著頭部，下方是脖子。

「…………」

然後是染滿鮮血的書桌。除此之外教室裡沒有其他東西。

「啊……啊啊……」

矮個兒男目瞪口呆地走進教室。其他兩人也跟了上來。他們在書桌上看到的，是同伴的頭顱。

「…………」

那頭顱就擺在之前用來包住它的布上面，整塊布都被染得鮮紅。

「原來不是那傢伙的血……」

背包男說道。

「啊……啊、啊啊……那個王八蛋……該死的王八蛋……」

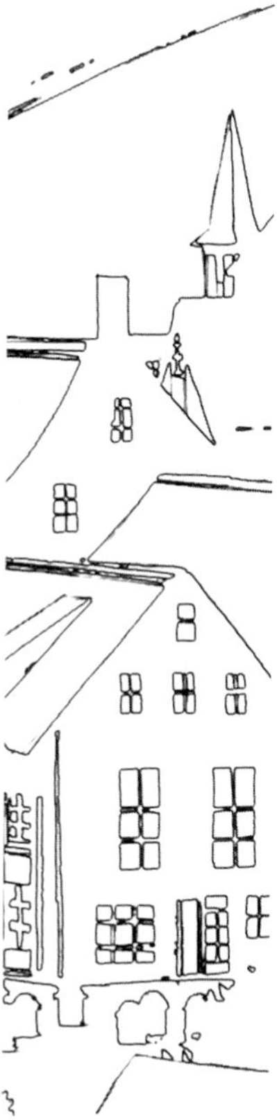

矮個兒男邊吶喊邊走近書桌。

「那個王八蛋……竟敢這麼做……可惡……太過份了……那個混蛋……竟然敢褻瀆死者……那個王八蛋……可惡的王八蛋……」

喀啦！

步槍從男人的手上掉落。矮個兒男邊哭邊把雙手伸向同伴的頭顱。

「過份……怎麼這麼過份……」

他的雙手先是觸碰頭顱的臉頰，

「我跟他勢不兩立……跟他勢不兩立……啊啊……」

然後把同伴的頭顱舉起來。

「住手！」

禿頭男大喊。就在同時，綁在後腦頭髮上的一條線被拉緊了，上面還有一根防水火柴，火柴頭就夾在兩顆綁在一起的石塊中間，裡頭還有一根導火線。

一只原本用頭髮蓋住的綠色小瓶子倒在布塊上。此時導火線的小火花引燃整個瓶口。矮個兒男看到這個景象。

「咦？」

隨即就爆炸了。

校舍隨著爆炸的威力而搖晃，那間教室的玻璃窗也全被炸得粉碎。

陽台則冒出陣陣白煙。

人在北側階梯的奇諾，看到走廊的濃煙消散後才走出來，並朝被炸毀的教室走去。

她用右手拔出被別人鮮血染紅的「卡農」，穿過門被炸飛的入口，走進坍塌的教室。

那三個人之中有一個的上半身不見了。半個身子全都血肉模糊地黏在牆壁上。

另一個人的臉被玻璃碎片割得鮮血淋漓，靠在牆上呻吟，顫抖的手上還持著槍榴彈，正準備拔掉前方的保險。

至於仰躺在教室門邊的禿頭男則還能動，右手正準備從腰際的槍套拔出說服者。

奇諾站在手持槍榴彈的男人面前，朝他胸口開了一槍，男人反彈了一下就再也不動了。

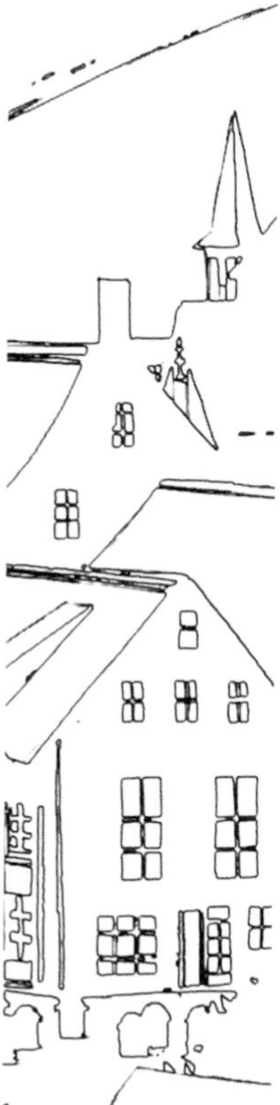

禿頭男滿是鮮血的右手握住說服者指著奇諾，正當他要扣扳機時，

「你開不了槍的！」

奇諾如此說道。當男人的右手使力，

「？」

子彈竟然沒有射出來。

說服者從男人的手中掉落。男人看著右手，原來他的食指跟中指已經不見了。

奇諾走到男人身旁。

「想不到是個這麼年輕的……小鬼啊……」

男人靜靜看著奇諾說道。

「為什麼要攻擊我？如果你願意的話請告訴我理由。」

奇諾問道，男人深深嘆了口氣說：

「保衛自己的國家有什麼不對嗎……」

「自己的國家……？」

奇諾反問。

男人把右手伸向自己的胸前，用姆指拉出一條項鍊。上面掛著一只星形的圓形小墜子。

他拿到自己的面前，一面看著它一面說：
「這裡是我們的國家……所以我們才要作戰……」
「……………」
男人自顧自地唸唸有詞起來。
「沒錯……我們什麼也沒做。什麼都沒做就厚著臉皮回來……我們沒有變成英雄……所有人都陣亡了……所以我希望至少在最後能以英雄的身份……保衛國家……唉～但終究還是不行。我到最後還是當不了英雄……」
奇諾靜靜地聽他述說。
男人對奇諾說：
「好了，快殺了我吧。一槍就讓我死……讓我到大家的身邊去！」
「沒那個必要，你馬上就會死的。」
奇諾如此回答他。她對著左手被轟掉，血跡斑斑的身體裡露出內臟的男人說道。

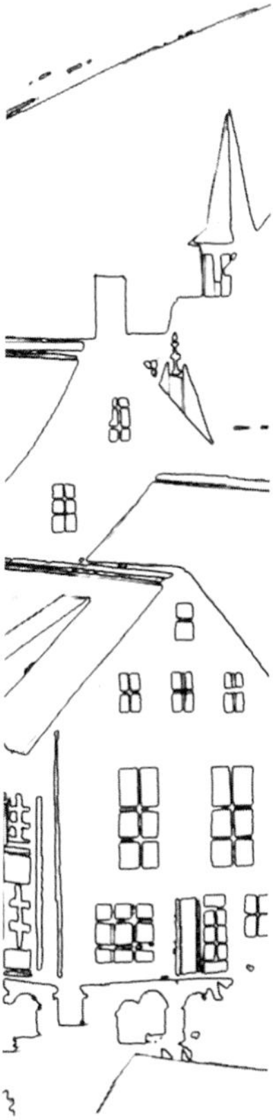

「原來如此。」

禿頭男笑咪咪地說道。

然後就帶著笑容死去了。

奇諾緩緩地幫男人闔上眼睛。

「『——英雄們一去不復返，但永遠活在我們心裡——』」

奇諾嘴裡唸著這句話，然後閉上了雙眼。

「歡迎妳回來，奇諾！看妳身上染了好多血，有沒有受傷？」

「應該是沒有吧。」

「那些人全都擺平了嗎？」

「嗯。」

「這下子就能安心了。」

「是啊，如此一來就能安心了。也不會發生騎車騎到一半遭人開槍的情況。」

「奇諾，妳左邊的槍套……」

「嗯？」

「上面有個洞耶，是不是被打中了啊？」

「…………是啊，不過我完全沒發現……什麼時候中的彈啊？是在公園裡的時候嗎？」

「那禮物呢？」

「就只有這個。」

「這是什麼？不是子彈嗎？」

「是那些人使用的步槍子彈。剛好適合『長笛』用。我還拿了比用過的子彈還多的新子彈呢。」

「什麼跟什麼啊？還有什麼其他的禮物嗎？」

「有啊，我可以告訴你整個經過喲！」

「是嗎？那就說來聽聽吧！」

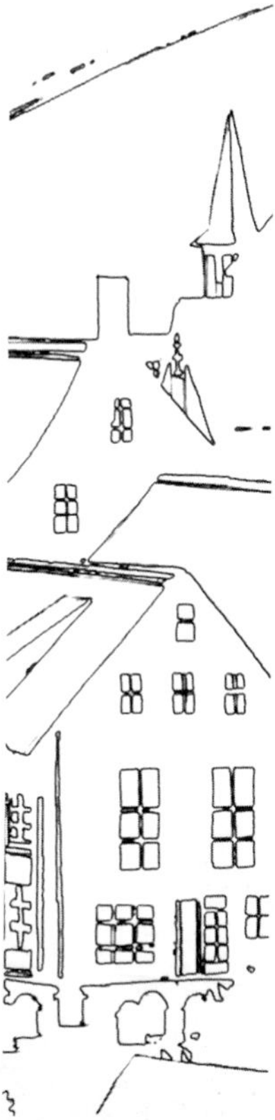

第五話
「英雄們之國」
—Seven Heroes—

第五話「英雄們之國」

—Seven Heroes—

旅行者抵達城門時，早晨的太陽都還沒升到一半。天空非常晴朗，但是風卻冷颼颼的。

旅行者騎摩托車而來。後輪兩旁裝著箱子，上方則綁著一只大包包。

騎士身穿棕色大衣，較長的衣襬捲在兩腿上。她戴著有帽沿跟耳罩的帽子，眼睛還掛著防風眼鏡。為了防寒，還把領巾圍在臉上。

旅行者對城門外的衛兵崗哨打聲招呼。

「你好，我叫奇諾，這是我的伙伴漢密斯。我們希望能入境貴國三天。」

衛兵很有禮貌地問了她幾個問題之後，便允許這名叫做奇諾的旅行者跟名叫漢密斯的摩托車入境。

衛兵詢問她是否有攜帶說服者之類的武器，奇諾點頭回答並問道：

「請問有禁止攜帶說服者嗎？」

「沒有，而且還非常歡迎呢。」

衛兵笑容滿面地回答。

奇諾她們通過白色城牆，正式踏入這個國家。

國內既平坦又寬廣。因此道路跟建築物所佔的土地面積也都很大，有不少平房。不過新建築物也很多。

正當奇諾邊看著拿到的地圖邊等待的時候，嚮導坐著一輛小車子來了。是位年約五十出頭，看來很和善的男子。

他講了一堆歡迎詞之後，便開車載奇諾她們去旅館。穿過空曠的道路之後，隨即朝國家的中央前進。

抵達旅館後，嚮導告訴她們更多有關這國家的事情。

這國家是十七年前由兩個國家合併之後才變這麼大的。在那以前原本是個土地寬廣的極小王國；不過越過遼闊山脈的另一頭，卻是一個人口密度非常高的民主主義國家。

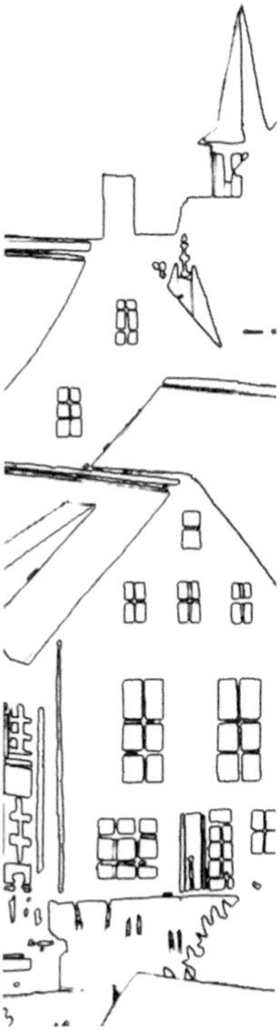

「英雄們之國」
—Seven Heroes—

可是，有一天小國的國王突然精神錯亂，國事無法正常運作，只好向另一方尋求協助。於是，苦於國土狹小的那個國家便順水推舟地接受這個小國的請求，並且在和平的情況下統合成全民擁有平等權利的民主主義國家，然後強押國王到醫院接受治療，這就是現在這個國家的由來。

這個國家全民皆兵，十八歲以上至五十歲以下的國民全都登記為士兵。不僅定期接受訓練，而且每戶人家都有武器。遇到戰爭就隨時受徵召參戰。因此射擊在這個國家是非常盛行的運動。

「原來如此。」

奇諾突然想起守城門的衛兵所說的話而輕聲說道。

奇諾跟漢密斯從中午就開始參觀這個國家。

除了維修漢密斯，奇諾也添購一些必需品。

城牆附近有一塊「國立射擊場」的招牌。她們騎過去看，裡面佔地非常遼闊。出來招呼她們的管理員說今天在整頓設施，因此沒有開放。

奇諾做過自我介紹之後，詢問她是否可以進去練習射擊。

「既然這樣，請妳明天務必過來。除了可以自由使用這裡的設備之外，方便的話還請妳指導我們一下。」

管理員眼神發亮地回答。

第二天。

奇諾一樣隨著黎明起床。

跟平常一樣稍微暖身後，便準備練習說服者。

「…………」

她考慮了一下，還是練習了。

接著她吃過早餐後把漢密斯敲醒，然後就朝射擊場出發。

射擊場從一大早就聚集了很多人。從普通市民到一整團身穿軍服的士兵都有。

奇諾到了以後，昨天遇到的管理員非常開心地把她介紹給大家認識。奇諾說她之所以攜帶說服者，是為了保護自身在旅途上的安全。在場所有人聽了都非常高興，還紛紛要求她指導大家。

「要是打得不好，鐵定遜斃的。」

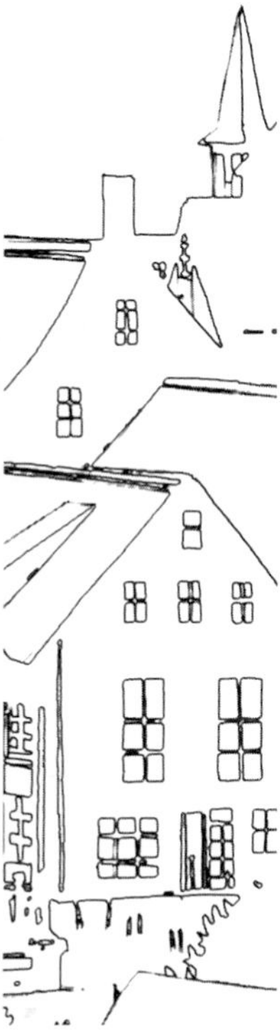

漢密斯說道。

射擊場備有最近距離到最遠距離的各種射擊設施，有會自動移動的槍靶，也有會秀出遠方命中目標的螢幕等便利裝置。

在模仿建築物內部的設施裡，窗戶及走廊旁邊會出現惡徒、抱著嬰兒的女性、還有持刀的孩童等模樣的人偶。

在眾人的注目下，奇諾借用了好幾項設施。她用「卡農」跟另一把自動式掌中說服者「森之人」做實彈射擊練習。

每次她一有動作，旁邊就響起熱烈的掌聲及喝采。奇諾小聲地說：

「這樣好難做事哦……」

漢密斯說道。

「師父也說過吧，無論在任何狀況下都要保持平常心。」

「奇諾妳沒有步槍嗎？」

奇諾在餐廳用餐的時候，管理員如此問她。奇諾搖搖頭。

「妳不會因為手槍的射程不夠遠而感到不安嗎？」

奇諾回答自己的確是有些不安，但是一考慮到要騎著漢密斯旅行，長型步槍實在是不好攜帶。

管理員很開心地說：

「這裡有一把步槍非常符合奇諾的需求哦！」

他像推銷員地說道。

「抱歉讓妳久等了。」

吃完午餐之後，管理員帶著一箱東西擺在桌上，裡面是一把步槍。

步槍被分解成前後兩段，後半部是木製槍托跟狙擊鏡；前半部主要則是黑金屬滑套跟附在旁邊的長型圓筒。

「這是一把前後可拆開以利攜帶，又附有自動滅音器的步槍。其精準度及強度問題已獲解決，是我國最近才開發出來的。目前才剛開始供應軍方。」

管理員勸奇諾拿看看，奇諾照著一旁的解說圖開始組合起來。

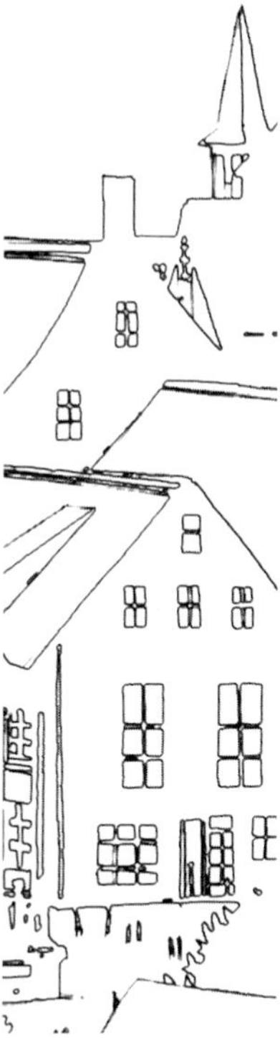

「英雄們之國」
—Seven Heroes—

「怎麼樣?妳覺得如何?」

奇諾表示拿著的感覺還不壞,看起來好像很好用的樣子。

「要不要射擊看看?也請妳務必發表一下使用後的感想。」

管理員說道。

奇諾來到射擊場,用借來的步槍練習射擊。她把步槍擺在桌上的軟墊,然後用狙擊鏡瞄準遠處的標靶。

當她一槍命中塗黑的靶心時,後面隨即響起暴風雨般的歡呼聲。

「還可以嗎?」

「已經很順手了。」

漢密斯問道,奇諾則邊回答邊開槍。歡呼聲再度響起。

射擊好一段時間之後,奇諾也面臨源源不絕的詢問。

有人問她的槍法是誰教的。

「對不起,恕難回答。」

奇諾答道。

有人問她是在多優秀的設施裡練習的。

「我是在什麼設施也沒有的森林裡練習的……」

奇諾答道。

還有人請她至少告訴他們該怎麼做才能讓槍法更精進。

「…………只要嚐到苦頭，就算千百個不願意也會進步的……」

奇諾答道。

白天過了一半的時間。

奇諾跟漢密斯，還有管理員在餐廳邊享用甜點邊聊天。

「哇塞～奇諾妳真了不起。大家都嚇了一跳喲！而且還一反常態，對射擊感到興趣十足呢！」

「這就是所謂的走路有風吧？偶爾看看奇諾受人稱讚也是不錯呢！」

漢密斯說道。

「只要大家的槍法越來越精準，我國的防衛力就會更鞏固，如此一來，就能更加保障這國家的和

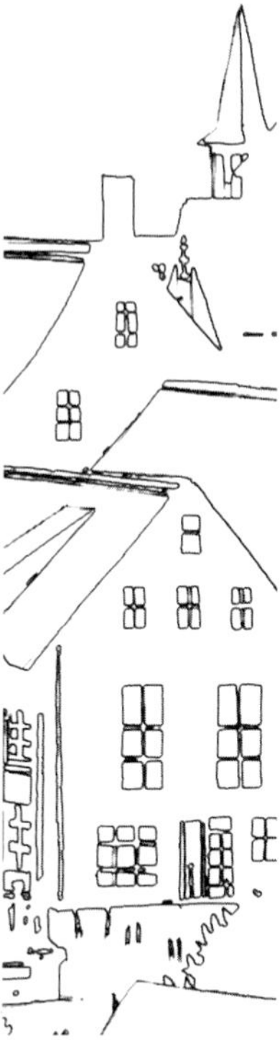

平與安全。」

「這國家有什麼假想敵嗎？」

奇諾問道。管理員有些不好意思地回答：

「這個嘛……事實上我國即使還是合併前的兩個國家時，也沒有經歷過戰爭。甚至附近也沒有可以攻擊的國家。所以表面上雖說是全民皆兵，但只射擊過紙靶跟人偶的我們，根本就不曉得自己究竟有多少戰力。雖然大家每天都有做訓練，每個人的槍法也都不錯到可以自豪，不過……」

奇諾則說：

「和平是一件非常好的事。如果有什麼萬一，你們平日的訓練就會出現成果的。相信大家一定會比自己想像中還努力作戰的。」

「嗯，很高興能聽到妳這麼說。往後我們會更加努力練習的。」

「平日就有這樣的用心是很好的。所謂『有備無花』嘛！」

漢密斯說道。

「啊？」

管理員露出詫異的表情。

「漢密斯……你是不是故意這麼說的？」

「故意說什麼？」

傍晚。

管理員告訴奇諾，如果不嫌步槍會對旅行造成困擾，大可帶走沒關係。還說希望他們國家開發的優良說服者，在她的旅途中能派上用場。

奇諾考慮了一下，便慎重向他道謝並接受了這份禮物。奇諾還詢問管理員這把步槍的名稱是什麼。

「名稱……喔，它沒什麼特別的名稱。我們倒是簡略地稱它『五二式國民步槍分解型』啦！」

「好長哦。」

「以後再幫它另取名稱好了。」

奇諾說道。

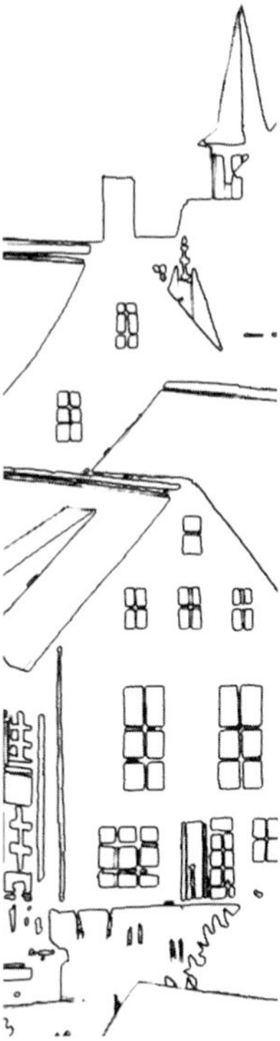

「英雄們之國」
—Seven Heroes—

到了第三天。

奇諾上午騎著漢密斯在這國家的中心處參觀。

中央還殘留著王國時代的宮殿，現在周邊已經被規劃成市民公園了。

奇諾詢問漢密斯對這棟建築物的感想。

「是還不錯啦——不過好像每個地方都是這樣耶～國王浪費金錢建立豪華的宮殿，最後引來民怨。然後被踢下王位之後，那宮殿遺址就變成了公園。還說什麼『要好好保存偉大的建築物』來著，可是國王在位的時候就從沒有人稱讚過。」

漢密斯語帶諷刺地說道。

公園的角落有一塊狀似牆壁的大黑石。

奇諾經過那前面，發現那石頭上刻有人形。上面排滿了面帶笑容的年輕男性。

「對不起，請問這是什麼紀念碑？」

奇諾詢問一個路過的男人。

那名年約五十歲的男人用力點著頭說：

「這是紀念碑沒錯，是英雄們的紀念碑喲！」

「你說英雄們？」

「是的。對於我們這些從另一個國家來的人而言，那可是一件永遠無法忘懷的事蹟呢。那在國家合併以前，大概距今三十年前的事。我出生的國家因為人口過度增加而擁擠不堪。可是城牆已經無法再往外移了，於是國家決定派遣調查隊出去尋找新的移居地。當時計劃需要派出一共十二組人馬，以探勘所有的方位。」

「嗯～然後呢？」

「後來就徵求年輕男性，每七人分成一組出發。並且規定不管有沒有找到適合的土地，半年之後都要回來。但是卻只有十一組回來。」

「原來如此，結果那些人呢？」

「經過了十年，這七個人還是沒回來。他們被派往最艱難的山岳路線，所以恐怕是遇難了吧…………。國家為了緬懷他們而立了這個紀念碑。這就是他們出發時的模樣。——後來過沒多久，我們就跟這個國家合併。我們國家幾乎把建築物原模原樣地搬過來，唯獨這塊石碑是歷盡千辛萬苦才移過來的。這麼做也是為了讓大家不要忘記他們的英雄事蹟。學校的課本上也有這個故事哦！」

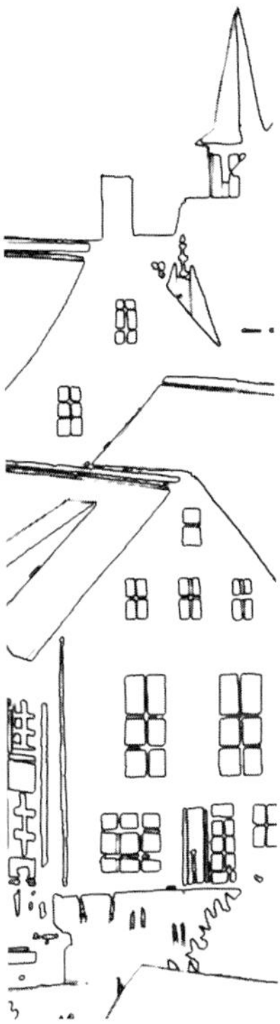

奇諾再次看著石碑。年輕健壯的男性們全露出天真爛漫的笑容。他們背著這國家的舊式步槍，全體人員胸前都掛著相同形狀的鏈墜。

那是呈星形的圓形小墜子。

男人又說：

「對了，旅行者妳可以到我們以前的國家看看。妳往西走，它就位於越過兩個大山脈的盆地裡。那個國家至今還保留著喲！城牆、建築物都跟以前一樣。我們已經不再去那兒了。畢竟現在這裡是我們的國家。不過妳既然是旅行者，應該有興趣參觀早期的建築物、跟過去許多人居住在一塊的集合住宅吧？相同的建築物排列得井然有序，許多人會聚集在中庭，我小時候也常在那兒玩呢。好懷念哦！」

「說的也是，我也想去看看呢。」

奇諾向男人道謝，然後在他離開之後，奇諾看了看刻在石碑上的文字。

在他們的笑臉下方有一行文字。

「──英雄們一去不復返，但永遠活在我們心裡──」

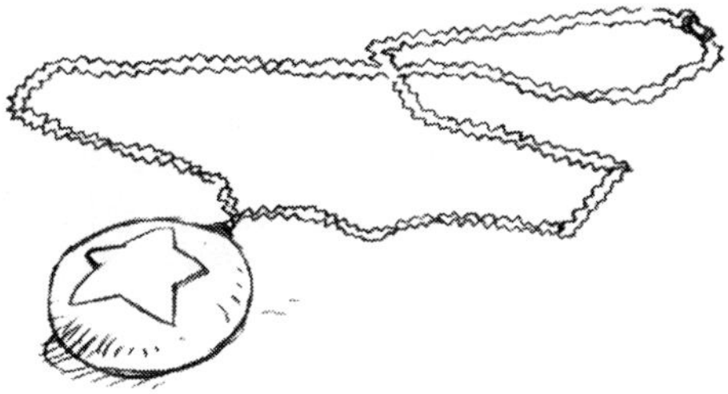

第六話
「悠閒之國」
—Jog Trot—

第六話「悠閒之國」

—Jog Trot—

我們在茶棚裡。

在聳立著木製電線桿但尚未鋪上柏油的道路旁，只有一間民房。它的屋簷下是一家茶店。

西茲少爺坐在走廊下，悠閒地欣賞這片午後的景色。

我則坐在他斜前方堅硬的地面上，同樣欣賞著眼前的景色。

在這晴朗暖和的空氣中，綠與棕交錯又有些蜿蜒的田地綿延到天際。而且還依稀看得到附有秣草倉庫跟牛舍的房舍。

西茲少爺唸唸有詞地說道：

「好悠閒的國家哦……」

我用沉默表示贊同。

我的名字叫做陸，是一隻狗。

我有著又白又長，而且蓬鬆的毛。雖然我的臉看起來總是笑得很開心，其實我並沒有常常開懷大笑。那長相是天生的。

西茲少爺是我的主人。他總是穿著綠色的毛衣，基於某些複雜的原因遠離了故鄉，目前正開著越野車四處旅行。而我就跟著他造訪各式各樣的國家。

西茲少爺的旅程並沒有特定的目的地。不，他是想去某個地方，不過那個「某個地方」並不是指一個特定場所。

我們沿著道路長途跋涉來到一個位於大草原地帶、遺世獨立的國家。

在城門也沒有接受像樣的審查就被允許入境。衛兵對於難得一見的來訪者感到非常驚訝。

「雖然你們千里迢迢來到這兒，不過這個國家什麼都沒有哦！」

正如他所說的，城牆後面只有寬廣到令人厭煩的平坦大地。雖然有些許森林及水池，不過幾乎都是牧草地跟旱田。這國家的人民似乎都務農。

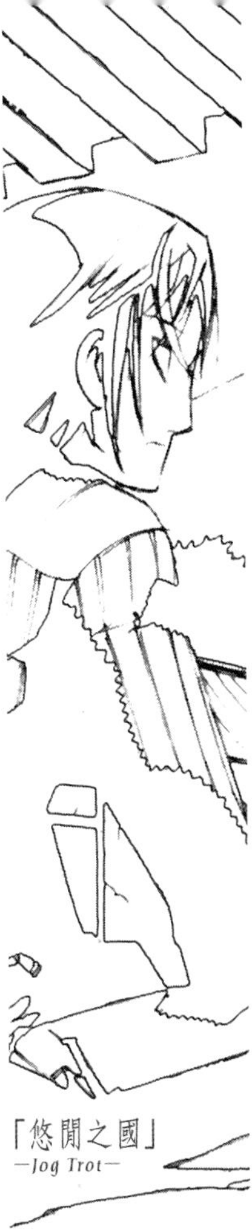

「悠閒之國」

—Jog Trot—

西茲少爺在一成不變的景色裡開了一段路程，不久便看到一家茶店。

「這國家很難得有旅行者來，請你悠閒地渡過停留的時光吧。」

端茶過來的老婆婆說道。她在西茲少爺的座位旁邊放了一只裝有綠色的茶但沒有握把的茶杯。

裡面並沒有毒藥的味道。

西茲少爺向她道謝。然後就把立在自己身旁的愛刀擺在我的前方。當西茲少爺的注意力離開這把刀的時候，看守它就成了我的工作。

西茲少爺一面喝茶，一面詢問幾個關於這國家的問題。

老婆婆可能也不忙吧，她就坐在西茲少爺旁邊回答。

這個國家的居民大多只是種種農作物吧。人口少，密度也低。稱得上街道的路寥寥無幾。

附近也沒有與他們為敵的國家。就算佔領這個國家也沒什麼好處。

這裡幾乎沒有旅行者來。就算來了也沒有值得觀光的名勝古蹟。

而當地居民每天也只是過著平實的日子。

「請問旅行者要去哪裡啊？」

聽到這個問題，西茲少爺笑著聳了聳肩。然後老實地表示他沒什麼特別想去的地方，不過是個四處為家的流浪者罷了。

老婆婆略為訝異地說：

「這個國家隨時都歡迎移民喲！反正土地多的是，我們也隨時歡迎有人來幫忙工作。如果本事不錯的話，還可以選擇警察的工作呢！」

不過她又加了一句，就怕到時候可能會因為沒有刑案發生而閒得發慌呢！

西茲少爺笑了一下。

「那或許也不錯呢。」

老婆婆又回去廚房忙她的。

西茲少爺一面欣賞風景，一面唸唸有詞地說：

「好悠閒的國家哦……」

我用沉默表示贊同。

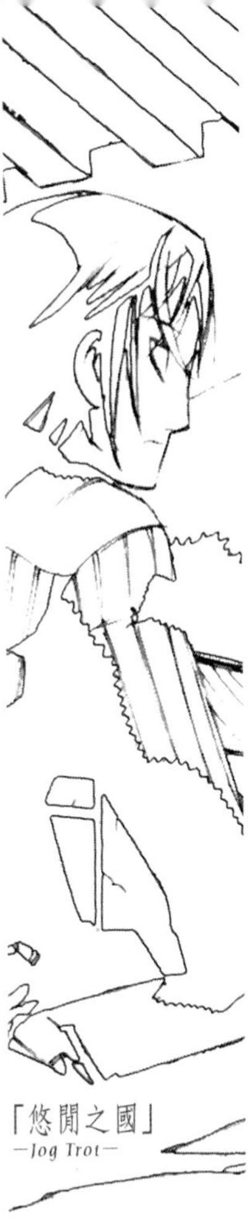

遠方的旱田有一輛行進中的卡車。從這裡看過去，它的速度非常慢。只要它駛近一間房子，就代表今天的作業結束了嗎？

「或許在這裡過著養牛的悠閒生活也不壞呢！以前也沒嘗試過……。而且不必為誰犧牲生命，也不必殺誰以求活命，甚至不用在荒野流浪，過的是既安定又安全的生活。搞不好還能因此長命百歲呢……」

西茲少爺慢慢地說道，視線則一直望著遠方。或許他是想到了自己的過去跟未來才有感而發的吧。

至於我只是這麼說：

「是啊。」

反正無論情況怎麼樣，決定權還是在西茲少爺手上。

西茲少爺正準備再說話的時候，

「旅行者，要不要再來杯茶？」

老婆婆走過來問道。

西茲少爺端起茶杯，並說「麻煩妳了」。

老婆婆提著小茶壺把茶水倒進杯子裡。

倒完之後又放在西茲少爺旁邊。隨著「咚！」地一陣小聲響，地面開始搖動。

可能是地震吧？地面跟房子微微晃動，將這棟木造房子震得咯吱咯吱作響，茶水在晃動中有些溢了出來。

接著這一波不算強烈的震動便停止了，這不過是幾秒間的事。

「真糟糕！」

老婆婆立刻拿出抹布擦拭溢出來的茶。然後，

「？」

我發現西茲少爺露出驚訝的神色，整個人呆住了。他的視線直盯著正前方的景色。

我也往相同的方向看……，果然叫人驚訝。

剛剛位於遠處的房子跟卡車全不見了。

「……房子消失了？」

西茲少爺站起來說道。站在他旁邊的老婆婆則看著遠方，然後用與之前沒什麼兩樣的口氣說

「悠閒之國」
—Jog Trot—

道：

「喔～果然，好久沒發生了說。照那樣子看來是沒救了。」

西茲少爺望著老婆婆問道：

「這、究竟發生了什麼事？」

老婆婆要西茲少爺稍等一下，然後利用掛在牆上的電話開始跟某人通話。

掛斷電話後，老婆婆跟西茲少爺說：

「旅行者，與其聽我解釋，不如你親眼去看會比較快一點。你往右走，遇到第一個紅綠燈再往左轉。請小心不要太靠近哦！」

西茲少爺開著越野車照老婆婆說的路線走。

不久在略為蜿蜒的道路最前方，西茲少爺停下越野車並走下來。我從副駕駛座跳到引擎蓋上，看著眼前的景象。剎那間終於明白發生了什麼事。

原來大地出現了一個大洞。

形狀大致呈圓形，直徑約二百公尺。至於深度，從這個位置無法估測。地面突然垂直地整個下陷。剛剛看到的房子跟卡車，當然就在那裡面。

「悠閒之國」
—Jog Trot—

「…………」

西茲少爺目瞪口呆地看著，不久聽到後方傳來警笛聲，載著起重機的卡車過來了。西茲少爺把越野車開到旁邊讓出道路。

不久卡車馬上接近那個洞穴，並試探性地伸長起重機。前端附有能夠載人的籠籃，然後慢慢往洞穴裡下降。

「準備跟程序……都好周到哦。」

西茲少爺小聲說道。

此時有別的車輛靠近越野車旁邊。

「你就是旅行者嗎？這裡很危險，勸你最好不要再靠近了。回程往右轉的地方有家茶店，相關詳情只要詢問那個老婆婆就可以了。」

車內的男人說道。

「有個大洞對吧？」

茶店的老婆婆用極為平常的口氣對回來的西茲少爺說道。

「那到底是怎麼回事？而且為什麼？」

聽到西茲少爺的詢問，老婆婆說這沒什麼好驚訝的，不過是常有的事。

「很久很久以前，這一帶是沙石場。地底到處都是空洞。所以什麼時候哪個地方會塌陷都不足為奇。」

「……你們不設法防範嗎？」

「我們又沒有沙石場的設計藍圖，也沒有人願意調查……」

老婆婆面有難色地說道。然後又說：

「其實這也沒什麼大不了。像剛剛那樣連房子帶人被吞噬是極為少見的情況。空洞只要填平就行了。至於下陷的情況，也是每個月只發生幾次而已。真的沒什麼好在意的啦！」

「…………」

老婆婆一面重新換上冰茶，一面詢問西茲少爺。

「對了對了，旅行者你接下來有何打算？如果要在這個國家定居，要不要我幫你找房子？」

西茲少爺面露僵硬的笑容搖了搖頭。

然後詢問老婆婆哪裡能夠馬上買到攜帶糧食跟越野車的燃料。

第七話
「預言之國」
—We NO the Future.—

第七話「預言之國」

—We NO the Future.—

森林裡有一條道路。

那是一座高大的針葉樹密佈、相當陰暗的森林。加上土質潮濕的關係，因此長滿一片片羊齒植物。

這條道路像是剖開森林似地東西向筆直延伸。那是一條寬敞的道路，從路面許多灰色的龜裂痕跡來看，可以得知它很久以前曾仔細鋪設過。

龜裂的縫隙長出一根林木的小嫩芽。

種子在某種情況下來到這裡，碰巧掉進縫隙的泥土上而開始發芽。

有著兩片小葉子的小嫩芽，在沒有任何阻礙物的道路正中央，吸收著燦爛的陽光。

此時有一輛摩托車正在路上奔馳。

摩托車的前後輪輾過小嫩芽。

在一瞬間就把它壓得無影無蹤，然後就這麼通過了。

摩托車沿著龜裂的道路往西奔馳。

後輪兩旁裝有箱子，上面堆著行李袋跟睡袋。懸在箱子上的銀色杯子，一路上不斷輕輕搖晃著。

騎士是個年輕人，年約十五歲左右。

她身穿黑色夾克，腰部繫著粗皮帶。右腿上是掌中說服者的槍套，裡面放了一把左輪槍。她的腰後也掛了一把細長的自動手槍。

在她那頭黑短髮上戴了一頂帽子。款式類似飛行帽，是前方有帽沿，左右垂著耳罩的帽子。她還戴著斑駁不堪的銀框防風眼鏡。

過沒多久，騎士敲敲摩托車的油箱。

「看到了喲！」

騎士說道。

「預言之國」
—We NO the Future.—

森林裡有道綠色的牆壁。

那是圍繞那個國家的高聳城牆，呈平緩的坡度往上延伸，往外彎曲地呈現出優美的線條。上頭排列著等距間隔的支柱，側面則佈滿了深綠色的常春藤。

摩托車在看得到整面城牆的位置停了下來。

「我還是頭一次看到這樣的城牆呢！」

跨坐在摩托車上的騎士說道。

「嗯，好壯觀哦。構造也很少見呢！」

摩托車同意她的說法。

接下來，

「…………」

騎士不發一語地盯著城牆看了好一會兒。

「怎麼了，奇諾？」

摩托車問道。

稱為奇諾的騎士，在防風眼鏡下露出淺淺的微笑說道：

「想不到我能看到這種東西，能夠到這麼遠的地方來。過去……，在我小時後從沒想過能有這種

機會呢！雖說現在講這個也無濟於事，不過倒是讓現在的我有些感觸。」

「這樣～反正沒有人能預知未來的事情啦！俗話不是說『淺圖磨車』？」

「……你是說『前途莫測』？」

「對，就是那個意思！」

摩托車說完就沒再講話。

「這麼形容到底對還是不對呢……」

奇諾小聲地說道。

「好了，我們進去吧！漢密斯！」

奇諾一講完，名叫漢密斯的摩托車便回答：

「就這麼辦！」

奇諾打了檔，摩托車便慢慢地駛進城門。

「世界即將結束？」

「沒錯，世界就快結束了。就在後天日出的同時。」

當奇諾詢問時，城門的女入境審查官這麼回答。

然後又說：

「如果這樣妳也不介意的話，我國就會允許妳入境三天的申請。不過這樣妳就得在我國迎接世界末日的到來……」

奇諾看著女審查官嚴肅的表情。

厚重的城門正中央有個房間，一名年約二十五歲以上、看起來頗穩重的女審查官獨自坐在裡面。

「妳說世界即將結束，究竟會怎麼結束？」

在後方的漢密斯問道。

「那就不知道了。」

「啊？」

「不過，這世界的一切都將結束，當然我們的人生也會隨之結束。這件事確定會發生，已經是無法挽救的事了。」

審查官心平氣和地回答。

「呃……那麼，妳怎麼知道會發生這種事呢？」

奇諾問道。女性審查官點著頭，稱讚她這個問題問得很好。

然後，

「這是預言告訴我們的。」

她斬釘截鐵地說道。

穿過城門，放眼看到的是夕陽餘暉下的城鎮。

從這裡依稀可見另一頭的城牆，只見巨大的圓弧地形略往中央凹陷。大馬路呈放射狀四處延伸，中間還夾雜著農地跟住宅區。在調配得當的綠意裡，立著醒目磚造煙囪的原木房屋井然有序地排列著。中央有幾棟大型建築物，而且還看得到閃著金色光芒的湖泊。

「裡面好漂亮哦。」

奇諾說道。漢密斯也同意。

「嗯，那些木屋相當漂亮。都市計畫也充分利用了地形的優點。——可是，剛剛說有預言表示世界會在後天結束耶！」

「預言啊……」

奇諾喃喃說道。

女審查官並沒有解釋誰在什麼時候預言了什麼事情。只是用看破人生的表情，以及強而有力的口氣不斷說這是絕不會落空的預言，世界絕對會毀滅，那是無可奈何的事。

接著就突然哭了出來。後來不管問什麼都沒用，奇諾只好放棄追問，走進敞開的城門。

「怎麼辦，奇諾？」

「總之先找個地方落腳，再找個人問問吧。」

奇諾話一說完就跨上漢密斯。她沒有發動引擎，只是用腳輕推從斜坡上滑下。然後就跟漢密斯滑行至附近的馬路。

雖然這是一條左右兩排都是店鋪的寬敞道路，不過沒有一家店開門做生意，路上也沒有行人往來。甚至看不到任何行駛的車輛。

「總覺得這國家好像在服喪哦～」

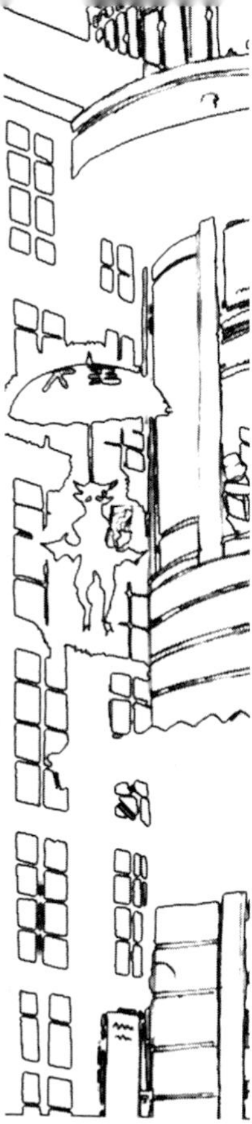

漢密斯說道。

她們看到有個坐在木箱上望著天空發呆的老人，然後詢問他旅館的位置。老人一句話也不說，只用手指著離這兒有些距離、但依稀還看得見的大型建築物。

抵達旅館後，奇諾敲了敲緊閉的大門。過了一會兒，中年老闆帶著驚訝的表情走出來。他聽過奇諾的話之後，

「喔，妳是剛剛入境的旅行者啊……。我這兒的確是旅館沒錯……」

然後又問她打算在這國家停留多久。奇諾也據實回答。

「後天……？那妳的旅程就要在這個國家結束囉？真是太遺憾了。」

老闆的話跟入境審查官說的一模一樣。

奇諾表明即使是那樣也無所謂，於是老闆便帶她到一間寬敞又豪華的房間。他打開緊閉的木板套窗，並拍拍桌上的灰塵。奇諾詢問住宿費是多少。

「不必了啦！反正世界都要結束了，就算有錢也沒用。妳好好休息吧！」

老闆說完話就離開了。

奇諾把行李從漢密斯上面卸下。把夾克脫了之後就躺上了大床。

「後天世界就結束了……這到底是什麼『預言』啊？」

漢密斯問這個問題的時候，奇諾早已呼呼睡去。

隔天早上。

奇諾隨著黎明起床。

她暖過身之後，就開始保養叫「卡農」的左輪槍以及叫「森之人」的自動手槍。然後做了好幾次拔槍練習後，就去沖澡。

奇諾一面望著太陽從城牆升起，一面吃著攜帶糧食當早餐。

接著把漢密斯敲醒之後就出門觀光。她們悠哉地在城內逛。

大馬路上，一群懶洋洋的人都坐在店門前的椅子上發呆。一看到奇諾她們，便興趣缺缺地把眼光撇開。

「怎麼會這樣？」

漢密斯輕聲說道。

「大家都無精打采的……。不過也有例外。」

奇諾突然把漢密斯停在馬路正中央，隨即踢好腳架下車。

至於漢密斯，

「嗯？怎麼了——哇！」

他這才注意到。

一個手持鐵管的年輕男子從路旁朝漢密斯衝過來。他雙眼充滿血絲，而周遭的人看起來都很驚訝。

奇諾就站在那名高舉鐵管的男子面前。他對準奇諾揮下了鐵管。

奇諾一個轉身，給了那個人一記掃堂腿。男子就這樣倒在她面前的馬路上，身體還因此擦傷。

奇諾踩住那男人的手，把鐵管搶了過來。再從背後用力壓住他的背。

男子把臉別到旁邊對著奇諾怒吼。

「可惡！殺了我！可惡！」

「這是怎麼回事啊？」

漢密斯輕聲說道。

「可惡……可惡……」

年輕男子開始啜泣起來。有個中年男子從圍觀的群眾裡走過來跟奇諾說：

「旅行者，真是不好意思。這件事我們會設法處理的，不會再讓他做這種傻事了。可以請妳放開他嗎？」

「…………」

這次反而是奇諾一臉過意不去地看著群眾。然後從年輕男人的背後拿走鐵管。在中年男子的指示下，還在哭泣的年輕男子被帶離了現場。

「抱歉，最近有很多年輕人自暴自棄又四處洩憤……幸虧旅行者的功夫了得，真是不好意思。」

中年男子拼命道歉，奇諾問：

「該不會是因為世界即將結束的關係吧？」

男人點點頭。

「一點也沒錯。年輕人深深覺得自己的人生才剛開始，無法接受這種事吧……但這也無可奈何。像我嘴巴說是死心了，其實現在也是很害怕呢。」

「請問，那到底是什麼預言啊？」

漢密斯問道，男人有點驚訝地說：

「怎麼？你們不知道嗎？」

「是的，可否請你告訴我們呢？」

聽到奇諾這麼說，男人便帶著她們到附近一家店去。

那家店是一間餐廳，擺了用圓木製造的桌椅。裡面有不少無所事事的人，全部盯著奇諾她們看。沒有開燈的昏暗店內，只有天花板的電風扇在靜靜地轉著。櫃檯上擺著酒瓶，每個人都在隨性地喝著酒。

男人把奇諾她們介紹給大家認識，接著奇諾便坐了下來。漢密斯則是用腳架停在她旁邊。

「這位旅行者似乎對預言不太了解。」

聽到男人這麼說，旁人無不感到驚訝。大家這才有點放心地說：

「既然這樣，得好好說明才行。」「想必沒人能忍受在不明不白的情況下迎接世界末日的到來吧。」「我也有同感。況且她們還特地來這個國家迎接世界末日呢！」「應該把我國所孕育出的傑出研究家的事蹟告訴她！」「我也要參一腳！」

然後大家紛紛拿著椅子往奇諾身邊聚集。

帶她們來這兒的男人對奇諾說：

「恕我冒昧，那就由我先開始吧。」

然後他告訴周遭的人，如果他有什麼講錯的地方，請予以指正。

「我想，應該先讓妳們認識偉大的預言書，跟成功解讀它、令我國深感自豪的研究家。」

男人如此說道。眾人也點頭贊同。

「預言書？」

「那是什麼書啊？」

奇諾跟漢密斯分別問道。

「很遺憾的是，至今仍不曉得是誰在什麼時候撰寫的。我們只知道那是把很久以前出自某個國家的珍貴言詞彙整出版的書籍。可是記載的事情又很支離破碎，大家猜想那可能是一個精神錯亂者所寫的日記。不過……其實這本書卻是預知世界前途的準確度高得可怕的預言書。而成功解讀並看透其中玄機的，是我國偉大的預言研究家・南區的神父。」

男人答道。

「他怎麼知道那是預言？」

奇諾問道。

「神父在四十二年前因為對那本書有些感興趣，就開始詳細調查，結果發現一個可怕的事實。在裡面某些文章裡，頁數與行數相呼應的那個年月份所發生的事情，都以比喻或變換文字次序的暗號記載。神父一面感到毛骨悚然，一面解讀了其他頁面。然後……」

男人在這個時候做了一次深呼吸。

「然後，他發現到好幾個好幾個好幾個好幾個好幾個相同的預言……」

男人的口氣嚴肅，彷彿是他自己發現似的。周遭的人們也都屏住呼吸。

奇諾看了一下在場的人，然後問：

「具體來說，是一些什麼樣的預言？」

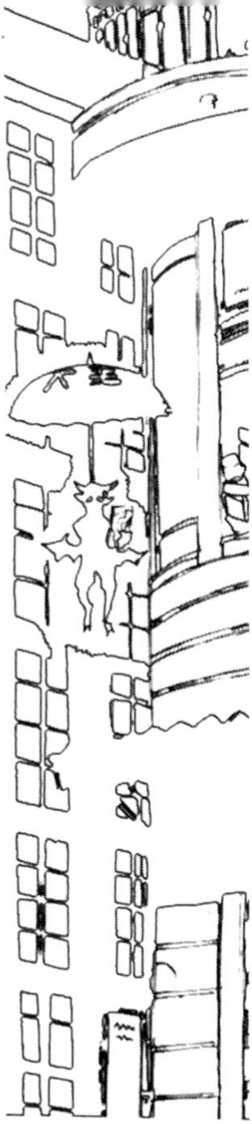

這次回答的並不是那個中年男子，而是圍在旁邊的人一個接著一個作答。

「像是記載這個國家在一百九十八年前曾面臨非常嚴重的饑荒……」

「一百二十二年前的國王……當時的確曾有國王執政啦！上面清楚指出他是急病去世的。甚至把他得的是鼻子掉下來的病都寫出來了呢！」

「八十七年前栗子大豐收，不過卻因為供過於求而讓人傷透腦筋！連這個都有預言到喲！真可怕……」

「還預測一百四十三年前，皇太后因落馬而導致腿部骨折。」

「這個國家在五十四年前曾發生過無流血革命跟廢止王政的事件。它連當天天氣晴朗，但是從午後就開始下雨的事都有詳細記載。連國王後來變成後花園園丁終其一生的事都寫出來了呢！」

「還有四十四年前的秋天，因為豪雨造成大洪水，而且半年內湖水的高度都沒有降低的事！上面的文字數甚至指示出異常水位的高度呢！」

「也有預測到二十五年前北區的大火災。不僅是點出它會發生，連沒有燒毀的房屋位置及街道的號碼都寫得一清二楚。甚至連住在那兒的是一名八十九歲的老婆婆都有記載！當我聽到這件事時，還被它的準確度嚇了一跳呢！」

「二十三年前的冬天，有十二名流浪漢來到這個國家。這件事完全預測到了。然後，還說中其中一名由於過於粗暴而無法允許他留下永久定居，甚至移民者之中有個人的名字是『T』開頭都說中……當時還成為轟動一時的新聞呢！」

「還預測十九年前曾發生一名身穿藍襯衫的藥劑師，調製毒藥殺害了許多人的刑案。想不到連襯衫的顏色都……」

「還有十年前初夏的一場冰雹，造成農家相當大的打擊這件事也有記載。我到現在還記得很清楚呢……」

「不只是這些！連我們熬煮樹木汁液製成糖漿的事都──」

等大家都發言完畢，奇諾問道：

「呃……那些都是那位神父先生發現預言，然後說會發生這類事情才發生的嗎？」

男人直接搖搖頭。

「不，是在發生之後，神父會馬上發現到被預言的事情。」

「啊？那他要怎麼牽強附會都行啊──」

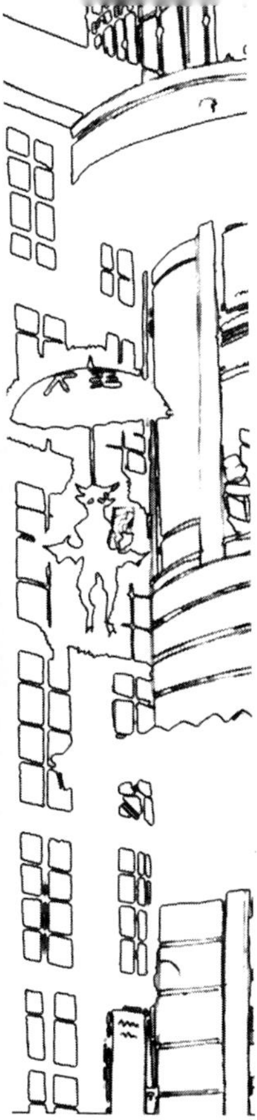

奇諾用力踢漢密斯的引擎，叫他別再說下去。

「原來如此，到這裡我都明白了。然後明天的預言是？」

聽到奇諾的質問，男人跟周遭人的們再度露出愁雲慘霧的表情。

「明天的預言啊……是那本預言書的最後一篇文章喲！根據神父的解讀，內容似乎是這樣……『過了第十九次滿月閃耀的夜晚，世界萬物將隨著日出一起結束。打破綠色盤子是我們唯一能選擇的路』。這裡面所指的綠色盤子，指的是我們在慶祝生日時送綠色盤子的習俗。換句話說，『除了感嘆沒有人會再出生以外，我們實在是無能為力』。」

「這麼說，就是那本書的『後記』囉——」

奇諾用力踢漢密斯的車架，叫他別再說下去。

男人說：

「這個預言是大約三十年前被公佈的。神父似乎由於過於害怕，原本一直猶豫該不該公開，但是他最後判斷不能夠瞞騙世人，所以就把它公開了……」

「你們一定大吃一驚吧？」

「是啊，大家一整個月都活在哀聲嘆氣中。不過預言的準確度已經無庸置疑，大家也只好死心。神父說『能夠在那天來臨以前努力過活才是最重要的』——不過也是有人沒把這件事放在眼裡，認

為『那天還早得很呢』……」

男人說完，一個在後面喝著酒的中年婦女接著說：

「時間就是明天……還真的是光陰似箭啊。如今我們能做的，就只是大家聚在一起拼命喝悶酒而已。」

「不要那麼說啦……」

有人悲傷地說道。

「其實，就算要『在那天來臨以前努力過活』。這時候要找該做的事也沒那麼簡單吧……。這是最教人悲哀的！」

「原來如此……」

奇諾露出奇妙的臉色點點頭。

「旅行者接下來有什麼打算？生命只剩一天而已。」

男人問道。

「上街買東西。」

奇諾回答。

「明天就是世界末日了，妳買這些東西要做什麼？」

奇諾走進一家雜貨店，從店裡面走出來的老闆問道。

「搞不好預言會不準確啊？」

漢密斯說道，老闆一副瞭解的樣子點點頭說。

「喔~妳們的心態我了解……」

「是嗎？」

「看來旅行者似乎還不相信世界末日就要來臨，不過也難怪啦。以前我也跟妳一樣。但是有那麼多事情全都被說中的話，早就沒辦法再表示『不相信』或『難以置信』了。能做的唯有看破人生，在那天到來前有效利用時間吧。」

「說的也是，不過我要買東西。因為平常難得有時間做這種事。」

「這也是不錯啦，我店裡的東西全都打零折喲！想要什麼就拿吧，即使全部搬光也沒關係！這樣我還落得輕鬆呢！」

「不用，我只要這些就行了。那把刀好像不錯——我要那把刀，謝謝。」

「旅行者，要不要一起禱告？……這樣心情或許會平靜些喲！」

在免費請吃晚餐的餐廳裡，居民邀請奇諾一起禱告。

奇諾婉拒之後便回去旅館，一進去便看到老闆一家人都在禱告。

隔天早上，也就是奇諾入境後的第三天早上。

奇諾隨著黎明醒來。

薄霧籠罩著整個國內。可是總覺得沒有很安靜，隨處可見燈火通明的房屋跟在路上走動的人影。

當奇諾開始練習說服者的時候，漢密斯竟然自己醒來，把奇諾嚇了一跳。

「奇諾，世界再過不久就要結束了喲！我迫不及待地想看看會是怎麼一回事，就醒過來了！」

奇諾一面用布擦拭「卡農」一面回答：

「對喔……過去曾發生過許多事呢！」
「要出去參觀末日的景象嗎？」
漢密斯問道。
「嗯，等我把事情都做好再去吧。」
奇諾說著，便把「卡農」放回槍套。這次她用左手開始做「森之人」的拔槍練習。
「世界馬上就要結束了，還練習這些幹嘛？」
漢密斯說道。
流了些汗之後，奇諾便騎著漢密斯在街上奔馳。
霧散了。天空在涼爽的空氣中更顯得明亮湛藍。
位於中央的湖畔，有一座廣場。許多人聚集在那邊，而且面向東方拼命祈禱。大家都在誠心地禱告。
「太陽就要升起了。」
聽到漢密斯這句話，周遭原已精神恍惚的居民突然顫抖了一下。
正當禱告聲越來越大的同時，大鐘的鐘聲也開始響起。而且像發了狂似地一次又一次地敲擊著。陽光開始直接照在高大的建築物上。

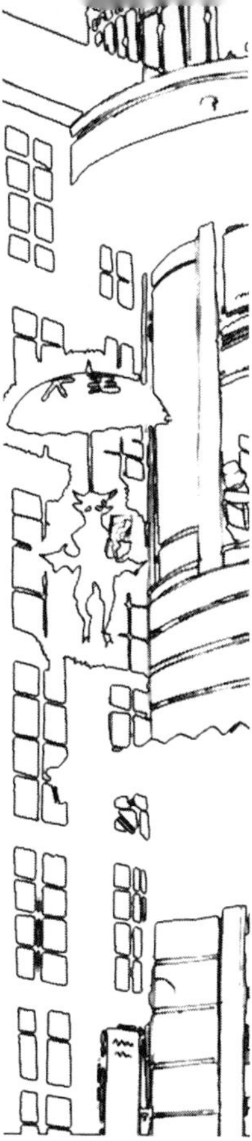

不一會兒，耀眼的太陽從城牆露臉。照耀整個國家。

人們的嘆息及悲鳴也越來越大聲。

奇諾說：

「好美的早晨哦！」

「嗯，今天也好好飆一下吧！」

漢密斯高興地表示贊同。

當太陽完全露出臉來，而且不消三分鐘便高掛在天空。此時居民停下禱告與嘆息，取而代之的是一陣騷動。接著騷動進而變成叫罵聲。

「根本什麼事都沒發生嘛？」「世界已經結束了嗎？」「大家都還活著耶！」「太陽都高掛在天上了說……」「這是怎麼回事？」「為什麼？」「結果都沒事嗎？」「可惡，難不成是……」「該不會是……」「——預言落空？」

不久有人大喊：「是神父！」

前面停了一台黑色的車。在隨從的包圍下，一個一身莊嚴打扮的男人往廣場的中央走來。他臉上帶著和善的表情，是個年約五十出頭的男子。

居民們靜靜盯著他的一舉一動。奇諾跟漢密斯則在人群後面觀看。

「啊、啊——聚集在此的各位！」

表情有些不自然的神父，從擴音器發出緊張的聲音。剎那間安靜下來的居民，全都對他投以嚴厲的眼神。

「今、今天天氣真好——」

「別講那些廢話了！神父！你那個預言到底是怎麼回事？」

某人針對這件事大叫。

「關、關於那件事——」

又有某人說：

「我們全都聽你的，難不成……難不成……你是在說謊？」

「我、我沒有。我絕對沒有說謊……最後那篇文章的確是這麼寫的……」

「不然你說這是怎麼回事？大家都這麼相信你說的話，以為世界在今天就會結束——」

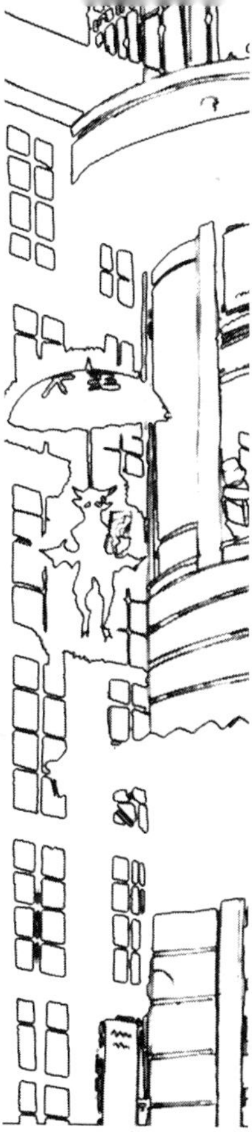

一個大聲嚷嚷的年輕女子當場哭了出來。

「我、我都說……」

人們要求一個明確解釋的聲浪紛紛湧向狼狽的神父。

突然間，

「啊～對了！我想到了！一定是那樣的，各位！世界的確結束了！世界已經結束了喲！」

神父用擴音器拼命拉高喉嚨說。

在場除了奇諾以外，所有人都張大眼睛看著神父。

神父請隨從幫他握住擴音器，然後用力張開雙手，讓晨風吹拂著他的衣裳。

「各位，請聽我說！」

他開始對所有人做一場熱烈的演說。

「我！跟大家！都一直相信世界即將結束！正如上面記載的，世界末日會隨著日出來臨！沒錯！沒錯！就是這樣！它的確是正確的！為什麼？你們知道為什麼嗎？我們相信會結束的世界！也就是

『預言世界即將結束的世界』，它的確是結束了！在大家的心中，一個世界消失了！而現在是另一個嶄新的開始！沒錯！——預言是正確的！」

幾秒鐘的寂靜過去了。

然後，有如洶湧湖水的叫罵聲此起彼落地響起。

奇諾跟漢密斯觀察了這場騷動好一陣子。

憤怒的居民們想對神父施暴，不過被他的隨從及忠實的信徒拼命阻止。因此總算是避免了一場流血事件。

不過臭罵神父的人們倒是露出安心的表情。還有人高興到抱在一起呢。

昨天奇諾上門去買東西的老闆一看見奇諾，便過來跟她說話。

一聽到奇諾說「幸好世界並沒有結束呢」，老闆立刻露出很尷尬的笑容。

「話說回來，關於昨天賣妳的東西……」

「喔，我會很寶貝地使用的。那可是我在這國家拿到的最棒的紀念品呢！」

聽到奇諾笑著如此回答，老闆只好掛著尷尬的笑容離去。

失去支持的神父，這下正好被隨從悄悄地帶離廣場。神父在快上車的時候突然抬起頭來。

他的臉已經恐懼得扭曲變形了。

神父突然跳了起來，在他身旁的人則打算搶走他手上的擴音器。

「各、各位！請聽我說啊！」

他拚命扯開嗓子大叫。這下大家都一臉錯愕地看著他。

「各各各各、各位！其、其實不是今天！我剛剛才發現到！剛剛才知道的！這是很重要的事情！請你們聽我說！聽我說啊！」

神父完全不理會隨從的阻止，繼續大聲說：

「世、世界真的即將結束！只是我犯了一個錯誤！也就是關於『第十九次滿月劃過夜空』這點！我一直認定是昨天晚上！不過我錯了！我真的錯了！大家還記不記得！四次前的滿月不是以月蝕收場嗎？這樣月亮不就消失了嗎？所以我算錯了！不能把那次算進『滿月的夜晚』裡！咳咳！咳，咳咳！」

神父突然嗆到，並用豁出去的表情繼續說：

「所以！這樣就能理解今天世界並沒有結束的原因！其實是下一個滿月後的日出！到時候我們的世界真的就結束了！大家一定要有心理準備才行！」

神父終於把話說完。但是附近一名男人卻搶走擴音器說：

「是嗎？」

神父回答「是的」。然後那男人說：

「各位！我再也不相信什麼預言了！畢竟誰也不曉得未來會發生什麼事！」

當場響起如雷貫耳的掌聲。

整個人都呆住的神父，則是被隨從硬拖進車裡。隨後車子揚長而去。

「好了，我們也該離開了。」

奇諾說道。

奇諾她們從西城門出境。

她再一次從外側眺望那座難得一見的城牆，然後就開始在路上奔馳。

這一路上有許多坡道，奇諾她們爬上了坡度平緩的山區。再一次回頭眺望，那國家已經顯得很渺小了。

「三個人！」

漢密斯突然在行駛中冒出這句話。奇諾不發一語地點點頭。

她把漢密斯停在馬路正中央，但並沒有把引擎關掉，然後踢下腳架把漢密斯立穩。她們的左右都是森林。

「請問是哪位？沒必要再躲了喲！」

連帽子跟防風眼鏡也沒脫下的奇諾大聲說道。

森林裡有人影晃動，

「哎呀~真是不好意思！」

有人應聲回答。兩個男人踩著蕨葉叢走了出來。他們個個一身既像旅行者又像樵夫的打扮，年紀都大約在三十歲左右。其中一人面露笑容地對奇諾說：

「我們躲在森林裡，也難怪妳會對我們起疑心。請問妳是個旅行者嗎？」

「是的，還有一個是肚子不舒服嗎？」

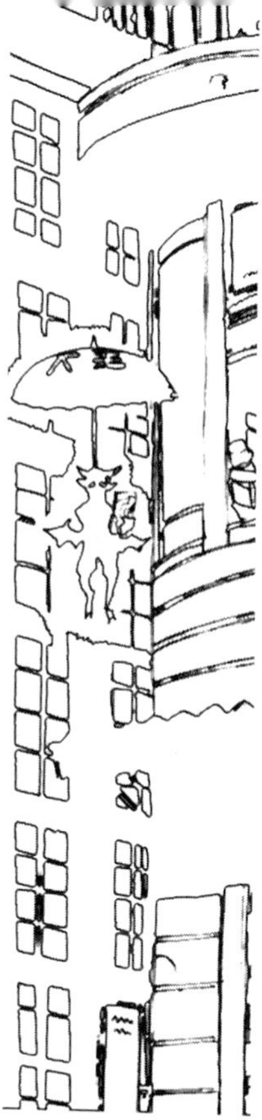

奇諾問道。

「……不，他馬上就出來了。」

這兩個人異口同聲地回答。

不久從森林裡走出一個跟他們裝扮類似的男人。三個人自稱是位於山脈另一頭某個國家的居民。

漢密斯問：

「你們在這裡做什麼？是在摘取什麼珍貴的植物嗎？」

那三個人互看對方一眼，然後說：

「旅行者還有摩托車先生，你們願意幫我們保守秘密嗎？因為這是件很有意思的事情……」

「我們不會保守秘密的，你們也不必說了。告辭！」

正當奇諾要跨上漢密斯，那三個人慌慌張張地阻止她。

「別這麼說嘛！這事情真的很有趣，就當做是旅行的見聞如何？……其實，我們是某個隔了七座山頭的國家的偵察隊員。我們之所以假裝樵夫偷偷摸摸躲在森林裡，是在監視旅行者妳剛剛離開的那個國家。」

「為什麼？」

引擎還在發動的漢密斯問道。那三個人笑了一下說：

「等下次滿月月落而朝陽上升的那一瞬間，我們就要攻擊那個國家，並殺光那裡的居民。」

「咦？」

「這話是什麼意思？」

奇諾用冷靜的口吻問道。

「正如我們剛剛所說的。下次滿月過後天一亮，我們將隨著日出大舉進攻，把那國家的居民殺個片甲不留。我們將徹底破壞，絕不留下那個地方曾經有過國家的痕跡。」

「為什麼？為什麼？為什麼？」

漢密斯訝異地問。然後又輕輕地補上一句：

「——是預言嗎？」

那三個人同時嚇了一跳並互看對方，然後說：

「對！一點也沒錯！就因為這是預言！……不過妳們還真清楚呢！」

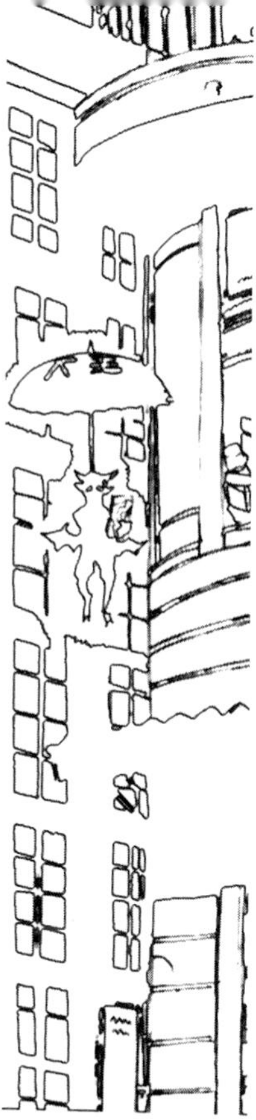

「到底是怎麼回事？」

奇諾又問了一次相同的問題。

於是那三個人開始滔滔不絕地回答。

「我國有這麼一個預言。很久以前的預言家留下了一本預言書。而二十二年前移民到我國的一名男性，成功地將它解讀出來。那預言的命中率準確到嚇死人。它把截至目前為止的洪水啦疫病啦，意外啦不幸啦都全預測到了喲！在事件發生後沒多久，那位研究家就說『你們看，這裡果然有記載。頁數與行數跟年月相呼應呢！』」

「…………」「…………」

「然後，在這預言書的最後一部份，預言了世界末日的到來！我們感到非常害怕，但是書裡也記載了可以避免這個命運的獨一無二的手段！」

「什麼手段？」

漢密斯問道。

「預言書的最後是這麼寫的：『過了第十九次滿月閃耀的夜晚，世界萬物將隨著日出一起結束。打破綠色盤子是我們唯一能選擇的路』。換句話說，今年的第十九次滿月，也就是下一次的滿月。世界將在那晚過後的日出時結束。可是——這後半段還記載為了防止這個慘劇發生，『打破綠色盤子』

是唯一僅存的手段。」

「所以才要攻擊那個國家啊……」

三個人點點頭。

「沒錯。旅行者妳不是看到了?那個國家有著奇怪的城牆跟略為凹陷的國土，正好是一個『綠色盤子』。實在佩服研究家的慧眼看出這一點，他真的好偉大！」

「可是——把他們趕盡殺絕，不覺得太過份嗎?」

「一點也不會喲，摩托車先生。毀滅他們是為了拯救世界。這已經不單是只牽涉到我們的問題了!譬如說妳們好了，也會隨著世界末日而從人間消失的。況且研究家也說過，在還沒完全瞭解『打破盤子』要做到什麼程度前，還是得徹底執行不可。我也贊同他的說法。為了拯救這個世界，這是知道這個癥結的我們非做不可的事。第十九次滿月——根據天文學家的判斷，雖然過去因為月蝕而有一次沒算在內，不過確定是下一次的滿月喲!馬上就快到了。目前我國正忙著做最後的遠征準備呢!」

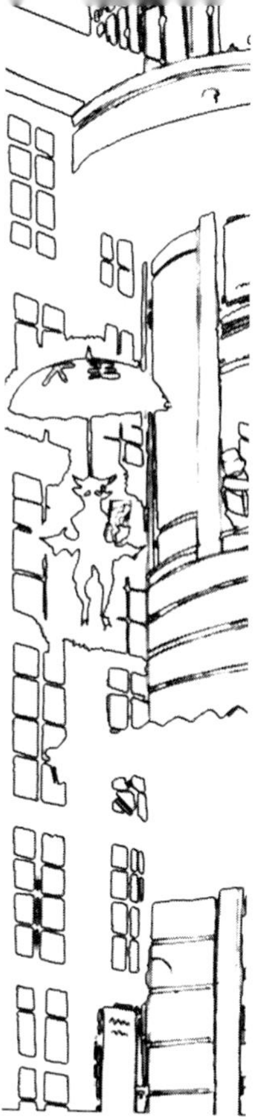

「預言之國」
—We NO the Future.—

「原來如此……」

奇諾唸唸有詞地說道。然後，

「謝謝你們告訴我們這些，那我們先告辭了。」

剎那間，那三個人迅速地上前擋住了奇諾。

「旅行者，妳以為妳知道了這個秘密還能活命嗎？要是妳回去那個國家告訴他們這件事，那會讓我們很為難，而且世界也會因此沒救。所以預言的事跟我們的事妳就謹記在心，當做是去黃泉路上的紀念品吧！」

那三個人從腰後取出柴刀，同時往下揮。

奇諾像塊失去重心的木板般將身體往後倒。那三把柴刀撲了個空。躺在地上的奇諾右手握著「卡農」，左手握著「森之人」。

一連串「啪啪啪」地沙沙聲響起，接著比那還沉重響亮的爆裂聲也帶著節奏連響了三聲。喉嚨被開了大大小小的洞的三個人，全都癱倒在地上。

然後奇諾爬了起來。

「……我剛剛突然想到，」

奇諾一面把液體火藥跟子彈裝進「卡農」一面說：

「想不到我能如此應付危機，能夠把說服者使用得如此熟練。過去……我頭一次遇到師父的時候，想都沒想過呢！雖然現在講這個也無濟於事啦。」

引擎已經停止轉動的漢密斯開心地說：

「反正沒有人能預知未來的啦！俗話不是說『前途莫測』！」

「這麼形容到底對還是不對呢……」

奇諾歪著頭納悶著，同時也裝完了子彈。然後把「卡農」放回了槍套。

奇諾回頭看看有沒有東西忘了拿。不過那兒只有三把柴刀跟三具屍體而已。

「好了，我們走吧——雖然不曉得未來將會如何。」

奇諾跨上漢密斯說道。

「瞭解！」

漢密斯回答。

接著奇諾發動了引擎。

第八話
「保鑣」
—*Stand-bys*—

第八話「保鏢」

—Stand-bys—

這個國家擁有一座雄偉的城門。

內門旁設有補給車輛燃料及水的設備，旁邊停放了一輛巨大的聯結車。

前方的牽引車有著往前突出的引擎，還附有用來撞死生物的保險桿。後上方則是駕駛座，還有可供幾個人睡覺的座艙。工作人員正在替那輛像露營車的牽引車補給燃料、水跟食物。

牽引車的後方連結了四節細長的箱型車廂。看起來很像火車的載貨列車，每一邊各有八個用鐵板蓋住一半的車輪。上面沒有任何窗戶。

第一節車廂的屋頂中央，有著供人走動的通道跟扶手。此時，正有一名女子站在那裡。

那名妙齡女子留著一頭烏黑長髮，身穿輕便但品味優雅的服裝，右腰間插著一把大口徑的左輪槍，身上還背著步槍式的說服者。

後面的車廂裡有一名男子，身材略矮，不過是個長相英俊的年輕男子。他左腰間掛著細長的自動式掌中說服者，手持附滾筒式彈倉的大口徑步槍。

「師父。」
那男人向女子喊道，示意她往下看。
「是車主的女兒呢！」
牽引車旁邊站著一個身穿紅衣服的小女孩，正抬頭瞪著那名女子。
女子走到牽引車車頂，從那裡唯一一道梯子下去。然後走近直盯著她一舉一動的小女孩，她蹲下身來，讓她們的視線一般高。
「妳好。」
女子開口打招呼。
「你們是這次的保鑣？」
小女孩問道。女子點頭笑著說「是的，沒錯」。然後小女孩說：
「我不需要什麼保鑣！」
她的口氣很不屑。女子溫柔地問「為什麼呢？」。

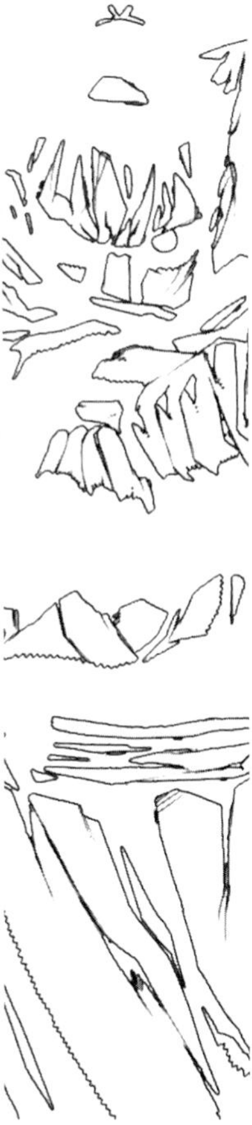

小女孩直視前方，滔滔不絕地說：

「因為人的性命跟命運是上帝決定的。就算我或我們要死，那也是上帝決定的。所以你們是妨礙上帝工作的人——」

「就算妳或大家都死掉也無所謂嗎？」

「如果是命中注定的話。」

小女孩斬釘截鐵地說道，然後女子說：

「就算是這樣，保護你們的性命還是我們的工作喲！」

她不改溫柔的表情答道。

聯結車奔馳在荒野裡。放眼望去只看得到刺眼的太陽、湛藍的天空、乾燥的紅土、岩石山，以及少得可憐的雜草。

聯結車司機以輪流駕駛的方式，從早上開始即馬不停蹄地持續奔馳。而車後不斷揚起的滾滾黃沙比車子全長還要長許多。

至於那兩名保鑣，則背著說服者在車廂頂上監視周遭的情況。他們戴著防風眼鏡，並把安全索勾在扶手上。

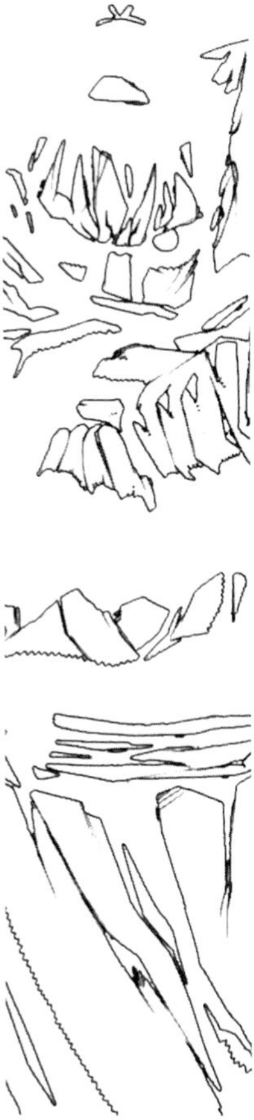

午後時分，

「師父！十點鐘方向！」

男保鏢對著女子大叫，並馬上舉起步槍預備射擊。

約有二十輛車子揚著沙塵從聯結車的左前方過來，全部是改造過的越野車，坐在上面的男人都明目張膽地拿著說服者。

聯結車開始加速，煙囪冒出黑煙，以不惜衝撞前方來車的氣勢狂飆。

那群襲擊者包圍著聯結車，並此起彼落地開槍。子彈打中車廂又彈開。男保鏢把步槍架在扶手上裹著的墊子上，瞄準目標射擊。

槍聲響起，彈殼也隨之彈出。男保鏢開了一槍，使得其中一輛車噴出水蒸氣，沒過多久就停了下來。接著又擺平了三輛車。其他車輛則為了躲避男子的狙擊，紛紛刻意保持距離。

就在這個時候，聯結車為了閃避前方的坑洞而緊急減速，只見車身像條巨蛇般彎曲。這時候有一輛車趁機接近牽引車。在發出擦撞的火花同時，有個男人跳上牽引車並抓住梯子。

「我來對付他！」

女保鑣滑動安全索朝牽引車移動。

男人爬上梯子。此時牽引車上某扇窗戶打開了，有個人探出了身子。男人隨即擺好攻擊的姿勢，不過當他知道對方只是個小女孩之後，

「過來！」

便粗魯地單手一把抓住她的前襟，把她從窗裡拉出來。就這樣，硬生生地把一臉痛苦的小女孩給拉到車頂上。

他以右手抱住女孩，左手則用左輪槍抵住她的頭。

「住手！」

車廂上方的女保鑣手持左輪槍指著他說道。

「來的正好！妳這女人，去駕駛座叫聯結車停下來！」

男人大吼。聯結車再次加速，風聲呼嘯得更加激烈。

「快點！否則我就轟掉這小鬼的腦袋！」

男人的槍管更加貼近小女孩的頭。這個舉動讓原本面無表情的小女孩頓時臉色大變。臉色鐵青的她瞪大眼睛。

「不要！我不想死！不要！不要啊！我不想死！救命哪！」

小女孩大喊大叫。她拼命搖頭掙扎，眼淚直飛。

看到這一幕的女子則用冷靜的口氣說：

「沒辦法囉。」

她把左輪槍收進槍袋裡，接著又解開安全索的掛勾，爬到牽引車的車頂，準備從那兩人的旁邊走過。

「救我……」

淚汪汪的小女孩好不容易擠出這句話。女子對她回以一個微笑。

「快去！」

男人把原本抵著小女孩腦袋的左輪槍轉向女子。

就在這一剎那，那女子用手握住那槍的迴轉彈倉，這樣擊鐵就無法活動，即使扣扳機也無法開槍。就在男人臉色大變的同時，他的右肩也多了好幾個小洞，鮮紅的血液從那些洞緩緩流出。

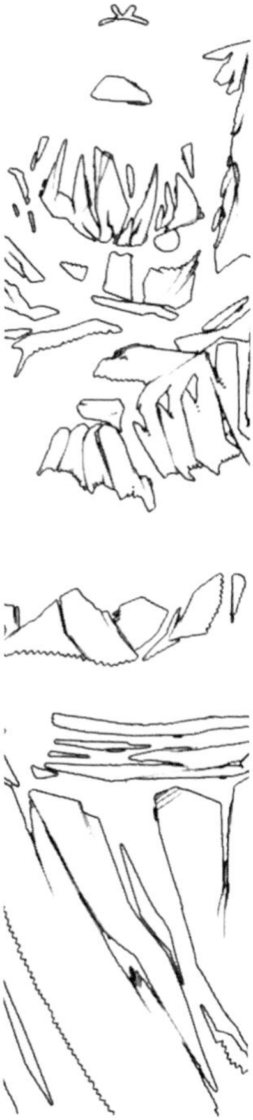

「？」

男人目瞪口呆地看著右肩，女子則輕而易舉地從對方無法施力的手臂中將女孩搶回來。原來位於後面第二節車廂的男保鑣，正舉著四角形槍管的自動式掌中說服者，並且再補上了一槍。

子彈正如他瞄準的，打中了男人的膝蓋。他的腳頓時失去力量而跪了下去，整個身體頓時失去了重心，接著就從牽引車的車頂滑下去。在摔到地面前不到兩秒的時間，他對自己的處境露出完全無法置信的表情。

摔下去的男人，手腳彎曲成不可思議的角度，還滾了好幾圈，最後消失在沙塵裡。

至於女保鑣則斜眼看著襲擊者們落荒而逃的車輛，然後把哭泣的小女孩擁在懷裡。

隔天早上。

聯結車平安無事地穿過某一大國的城門，並且在城門旁的某個廣場停了下來。

那個國家的工作人員立刻開始卸貨。當他們用小車拉開車廂門上的鎖，裡面出現一群人，他們的脖子跟手臂如串珠般一個接著一個被綁在一起。

那些人全身沾滿了嘔吐物跟排泄物。其他工作人員拿水管從他們頭頂上噴水。工作人員遇到硬拖也不肯走的人，就先在那兒把鎖鏈拆下，並帶到旁邊某個大洞穴旁邊。再用說服者射穿後腦，讓

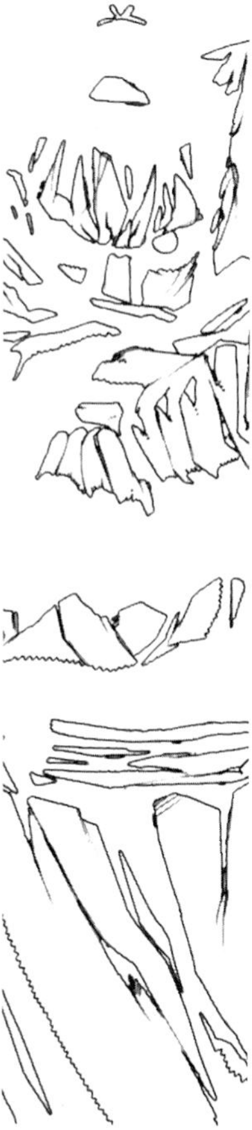

他摔進洞穴裡。

聯結車車主夫婦跟他們的獨生女，前來跟領取自己行李的男女保鑣說話。

車主笑容滿面地向他們兩人道謝，並跟他們握手。

身穿紅衣服的小女孩非常害羞，她母親硬是把她往前推。

小女孩對蹲下來的女保鑣說：

「……謝謝妳救了我。」

聲音雖小，但她說的每一字都很清晰。

女保鑣依然面帶她們最初見面時的溫柔表情說：

「不客氣，不過不是我救妳的喲！一定是妳信仰的上帝認為妳命不該絕吧！」

小女孩緊緊抱住女保鑣。女子輕輕把手繞到小女孩嬌小的背後，並溫柔地拍了拍。耳邊仍舊傳來陣陣槍聲。

女保鏢詢問車主回程是否需要他們護送。車主說聯結車是空的，而且走的是那些傢伙不曉得的迂迴路線，應該不會有問題。還說大家都要回去，是否需要載他們一程。

女子詢問了路線，然後表示他們趕著回去，婉拒了對方的好意。

「路線我知道了，原則上跟你們道聲謝。」

在原是保鑣的女子跟男子的面前，有個男人這麼對他們說。

他跟圍在四周瞪著他們兩人的男人們，都是之前襲擊聯結車的傢伙。而站在他們面前的是首領，這個地方是藏身荒野岩石山區裡的他們的大本營。

「那我們拿了酬勞就告辭。」

聽到女子這麼說，首領說「等一下」。

「妳殺死我們一個伙伴，為什麼？」

他狠狠瞪著女子問道。

「我們的工作是調查那輛聯結車回程的路線，我只是做了必要的處置。況且你們也採取了跟原定計劃完全不同的行動。」

女子理直氣壯地說道，四周只聽見那些男人們咬牙切齒的聲音。

首領說：

「他是個勇敢的男人，深受眾人的愛戴。也是我弟弟，是唯一沒死在那些傢伙手上的血親。」

「是嗎？」

女子毫不在意地說道，身旁那些男人開始握緊手上的武器。正當大家瞪著那名女子的時候，之前的男保鑣脫下披在身上的上衣說：

「哇～這裡好熱哦！」

說這句話的男子身上，纏著好幾根狀似黏土的四方形塑膠炸彈。剎那間，現場變得鴉雀無聲。

「算了……你們拿著這些酬勞走吧！剩下的我們自己處理！」

仔細確認過收到的酬勞後，女子轉身離去。

奔馳在荒野的破爛小車裡，坐著一對男女。收不進去的步槍槍管則從車窗伸到車外。

女子開著車。男子則一面撕著纏在身上狀似黏土的攜帶糧食，一面露出難吃的表情啃食。他還

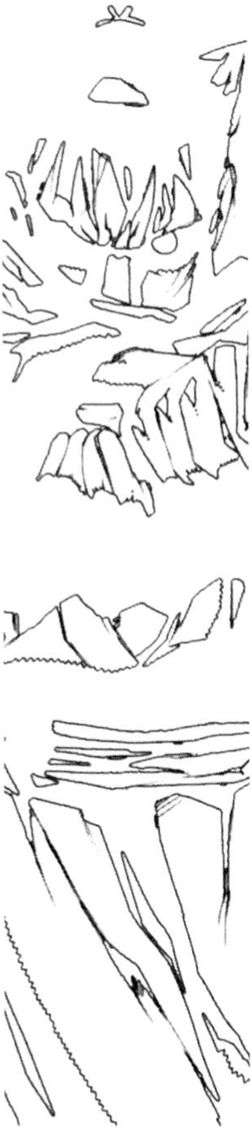

「保鑣」
—Stand-bys—

問女子要不要吃，她則搖頭拒絕。

男子說話了。

「師父。」

「什麼事？」

男子停頓幾秒之後說：

「那輛聯結車應該會被他們攻擊吧？」

「應該吧。」

女子用理所當然的口氣答道。

「這樣好嗎？」

男子問道。

女子並沒有回答。

第九話
「鹽原的故事」
—Family Business—

第九話「鹽原的故事」
—Family Business—

一輛摩托車奔馳在一片白色世界裡。

一片純白耀眼、平坦遼闊的空間。

那裡是鹽構成的大地。

乾燥堅硬的鹽，像冰一樣地無限延伸。放眼望去，四面八方都只有白色的地平線。

太陽高掛，湛藍的天空一片萬里無雲，把平原映照得潔白無瑕。

摩托車在沒有任何障礙物的路上筆直往西奔馳。後輪左右兩側掛了兩個箱子，後方的載貨架上堆滿了包包、睡袋等行李，以及裝了燃料跟水的罐子。

騎士身穿棕色大衣，她把太長的下襬捲在兩腿上。頭戴著附有帽沿跟耳罩的帽子。臉上戴著黃色鏡片的防風眼鏡，還用頭巾圍住臉來遮陽。

她用皮背帶背著步槍式說服者。那是一把有著木製槍托的細長說服者，上頭還附有二腳架跟狙擊鏡。

「奇諾，注意後方七點鐘方向。」

突然摩托車用不輸給引擎聲的音量大聲說道。

稱之為奇諾的騎士稍微鬆了一下油門，然後往左後方回頭看。

「看不到啊，大概多遠？」

「蠻遠的，而且是一匹普通的馬。剛剛還拼命追著我們跑呢，我猜牠一定追不上的。」

摩托車說道。

「既然這樣，我們就繼續往前跑吧！」

「瞭解！」

奇諾加足油門。摩托車加速前進，因為是跑在沒東西可供比較的鹽原，幾乎感覺不出什麼速度。

「果然來了，漢密斯。」

騎士說道，那輛叫漢密斯的摩托車則開心地說：

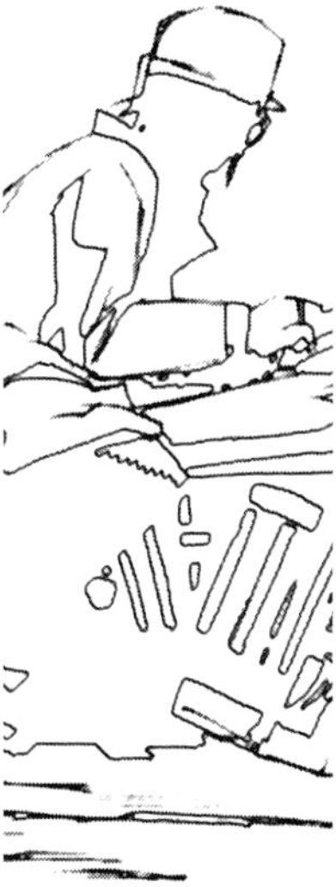

「鹽原的故事」
—Family Business—

「果然來了，想不到跟情報一模一樣呢！」

奇諾一直騎著漢密斯，直到夕陽西下。

天色已經暗到看不見遠方了，她們只好在空無一物的白色平原露營。

奇諾在堅硬的鹽地往下挖出一個很深的洞，並且讓漢密斯遠離那兒，接著在洞穴底部點燃固態燃料。

她把說服者擺在枕邊，然後在滿天星星的帷幕下睡了起來。

隔天。

奇諾跟漢密斯一如昨日往西方的地平線前進。

沿途的景色一成不變。天空清澈湛藍，也沒有刮一絲風。當她關掉引擎休息時，耳朵已經痛到什麼都聽不見了。

正午時刻。

行進中的漢密斯又突然說：

「奇諾，又來了喲！八點鐘方向，這次是一輛車。」

奇諾回頭看，只見遠處有個小黑點。不過她也看到那個黑點漸漸越變越大。

「會被追上嗎？」

奇諾問道。

「應該會吧，對方的速度實在太快了。」

漢密斯冷靜地說道。奇諾還在看。

「怎麼辦？」

漢密斯問道。奇諾將油門固定，並放開摩托車龍頭，解除說服者的安全裝置。

「我就知道！」

「沒辦法，雖然不曉得他們為什麼要襲擊旅行者，不過我很想問問看。」

奇諾再次把手擺回摩托車龍頭，並回頭看看追兵。

然後看見從變得更大的車裡冒出稀疏的白煙。

「奇諾，他們開槍了喲！」

「知道了！不過距離還很遠，要是連這種距離都打得到我就好了。」

「就『好』了？」

漢密斯問道，奇諾略帶微笑地說：

「不過今天我挺走運的。」

「別再開玩笑了，快點反擊啦！」

漢密斯大聲抗議，奇諾只說再等一會兒。

雙方的距離越來越近，車子因開槍而冒出的硝煙斷斷續續往上升。奇諾讓漢密斯繼續行駛，不時觀察後方的情況。

「好，就這裡！」

她突然放開油門往左急轉彎。此時追在後面的車子就變在她左側了。

「奇諾，這樣變得更容易挨子彈了耶！」

漢密斯問道。奇諾沒有回答他，只是把油門固定，把手離開摩托車龍頭。然後很快地舉起說服者，並在瞬間瞄準目標開槍。

頓時車子的右前輪爆了胎，而且受到離心力的影響而四散成碎片。

奇諾馬上把手放回龍頭，再往右轉一個大彎。

往前傾的車子，車輪圈跟車身右前方在鹽地刮行了好長一段距離。駕駛的方向盤沒打好，導致車子往右翻覆，還把車內好幾個人甩了出來。

「停下來了。」

漢密斯說道。

「那我們走吧！」

奇諾隨即加了油門。

隔天。

奇諾跟漢密斯還在鹽原上行駛。

北方跟南方都隱約看得到看似海面島嶼般的山頂。奇諾她們前進的西方依舊是空無一物。

「前方好像有什麼東西耶！」

中午的時候，漢密斯在行進間說道。

奇諾稍微放鬆油門問道：「什麼東西？」漢密斯有點苦惱地說：

「那是什麼啊？是樹嗎？一根根排列得好整齊，而且好像沒看到人耶！」

奇諾訝異地邊騎車邊挺直身子站起來，不久終於依稀看到在地表延伸的黑線物體。她們一面保持警戒一面靠近，終於知道那些是一排突出的木樁。

奇諾把漢密斯停在木樁前面。

木樁約一個小孩的高度，間隔的距離寬度無法容納車輛通過。在白色的大地上蜿蜒地畫出一條線，從東南方一路往西延伸。

「這是什麼啊？」

漢密斯問道，奇諾歪著頭說：

「不曉得，我也看不出來。會不會是什麼路標……，否則沒必要排得這麼中規中矩吧？」

「妳有聽說過這個東西嗎？」

「沒有，我只聽說這一路上會遭到襲擊而已。」

「是喔～」

「算了，反正我們也要往西走，就沿著木樁走吧！」

奇諾發動漢密斯，「別因為沿著它們走而搞錯方向哦！」漢密斯說。

她們走了沒多久，就發現一個正在打樁的男人。

漢密斯說他馬上就會看到我們了，奇諾便拉開了說服者的保險。

在奇諾與這排木樁的前方停了一輛小車，載貨台上堆放著好幾根木樁。還有一個戴著墨鏡、臉曬得黝黑、年約五十出頭的男人。此刻，那男人正專心地用槌子在這條線的最前端敲打木樁。

他聽到引擎聲而回頭。摩托車從車子的陰影現身，然後後輪一直打滑到男人面前才停下來。

「你好。」

「請多多指教——」

奇諾跟漢密斯大聲地向一臉驚訝的男人打招呼。

男人又舉起槌子，不過當他看到奇諾兩手都握著說服者的時候，咬牙切齒地放下槌子並大叫：

「妳這傢伙！就算用說服者殺了我，我的東西還是我的！妳是搶不走的！」

奇諾確定男人大聲嚷嚷完了以後說：

「我聽不懂你在說什麼？你以為我們是來搶你什麼東西嗎？」

她拉下臉上的頭巾問道。

男人又大聲嚷嚷地罵道：「怎麼？妳想裝蒜啊？」

奇諾很有禮貌地跟他表明自己並不會加害他，也不會搶他任何東西。所以希望他能鎮定一點。

「這麼說，妳們只是一般的旅行者？只是利用這片鹽湖做為捷徑？」

男人總算冷靜下來，向站在漢密斯旁邊的奇諾問道。

「是的，我們沒有打算要在這裡停留或帶走任何東西。」

背著說服者的奇諾說道。她的大衣前方是敞開的。

男人興趣缺缺地說：

「算了，就當做妳說的是真的吧。不過妳們擅闖我的私有地，連道個歉都沒有，我當然要把妳們罵一頓。」

「私有地？」

漢密斯問道。

「沒錯，就是這條線的南邊。」

男人指著這條木樁線，奇諾她們正站在南側。

「……呃，請問你說『私有』是指？」

奇諾問道，男人則露出「妳連這種事都不知道」的訝異表情。

「就是指『我的東西』！」

「那是什麼？」

漢密斯問道，男人像被她們倆打敗地搖搖頭說：

「想不到騎士白癡，連摩托車也一樣蠢。當然是這片土地囉！」

「可是，這裡只有鹽耶！」

漢密斯很快地回他話。

「當然是要把鹽挖出來賣啊！妳們連這種事都不知道，還出來旅行啊？」

奇諾用非～常有禮貌的口氣跟男人說：

「鹽原的故事」
—Family Business—

「我們的確是不瞭解。方便的話可否解釋一下，讓知識貧乏的我們學學呢？」

男人嗤之以鼻地「哼」了一聲說：

「算了，看在妳態度那麼誠懇，我就特別教教妳們吧。其實我以前也是個旅行者。正確地說，應該是說『我們』。而且還有十幾名伙伴呢。」

「你以前也曾四處旅行？」

漢密斯問道。

「沒錯，因為對祖國感到厭煩。所以我們就開著幾輛車，騎著幾匹馬，開始我們的旅行生活。」

「然後呢？」

「後來我們無處可去，也沒有國家願意收留我們，就一直過著顛沛流離的生活。大家也對這樣的生活感到厭倦，不僅感情破裂，連身上的錢也都花光了。我們還想過要當盜賊呢。可是幸運女神就在這個時候降臨了，還送給我們非常棒的禮物。」

「什麼禮物？」

漢密斯問道。

「聽了這麼久你還不知道嗎？就是這些鹽！我們來到了這塊土地！」

男人一臉驚愕地說。

「然後呢？」
「然後我們就開始從這裡把鹽切塊，運到南北兩邊的國家賣。這真的幫了我們好大的忙呢！畢竟又零成本，只要靠運送就有收入進帳。我們在那些國家得到燃料跟食物，剩下來就只要在這裡和目的地之間往返就行了。也沒必要移民，就算不移民也能夠賺錢。後來我們就一直過著這種生活。」
「原來如此，到這裡為止我都懂了。可是其他人呢？」
漢密斯問道，男人嗤之以鼻不屑地說：
「那些傢伙？我早就跟他們分道揚鑣了！」
「為什麼？」
「哼，我對他們的貪婪感到厭煩了！」
「貪婪？」
「沒錯，我們曾經一起工作了好一陣子。可是那些膚淺的傢伙慢慢分裂成好幾群，還開始計劃要獨佔這些鹽。大家表面上假裝很團結，其實私底下各懷鬼胎。結果經過不斷的爭吵，最後就選擇各

過各的生活。大家互相選擇想佔的地方，再自行到想去的國家賣鹽。哼！要是跟那群貪婪的傢伙混在一塊，搞不好連我都會同流合污呢！選擇離開他們果然是正確的！」

「然後你過去的旅行伙伴就在鹽湖四處採鹽對吧？而且只要有人接近就幹掉他們。」

奇諾說道。漢密斯用旁人聽不到的聲音喃喃地說：

「旅行者遇襲的謎底終於真相大白了。」

男人說：

「喔～妳們遇到那些傢伙了？」

「是的，他們還不由分說地攻擊我們呢！」

「哼，果然很像那群沒大腦的傢伙會幹的事！妳們大概誤以為他們是我的手下或什麼的吧？那群傢伙的愚蠢可是經過千錘百鍊的，應該說他們從一出生就是那副死樣子。」

男人說道。奇諾問：

「你從他們出生就認識了？」

「是的，那些傢伙是我兒子。一共有五個人，再加上他們的老婆跟孩子。當初一起旅行的就是我們這一家人。」

「…………」「…………」

奇諾跟漢密斯沉默不語。

男人繼續說：

「他們其實是一群貪婪的傢伙，連個性都爛到無藥可救。他們不學我用打樁的方式來劃清界線，只是漫無計劃地找鹽，只要有人接近就毫不留情地攻擊。真是被他們打敗了，他們根本不配當人。」

他很不屑地說道。

「你的經驗讓我們學到了不少，謝謝你的教導。對了，有件事希望能得到你的允許……」

奇諾說。

「什麼事？」

男人問道。

「雖說我們不知情，但我們畢竟是擅闖你的私有地。對於這件事我們深感抱歉。在此請求你原諒我們如此無禮的行為，並對你提出特別允許我們在你的私有地上往西走的申請。希望你大人有大量

允許我們這麼做。」

「……嗯，如果妳們一開始就這麼說，就不會被我罵到臭頭了。好吧，我就特別開恩吧！」

男人擺起架子說道。

「非常謝謝你，那我們就此告辭了。」

「我們走了，你繼續努力工作吧！」

「哼，不用你說我也會的！」

奇諾拉上頭巾並跨上漢密斯。發動引擎之後馬上駛離現場。

摩托車離開之後，男人又開始打樁。

第十話
「疾病之國」
—For You—

第十話「疾病之國」
—For You—

城牆裡的景色跟城牆外並無二異。

一座又一座的棕色岩石山，以及寸草不生的荒蕪大地。一面高聳的城牆拔地而起，永無止境地綿延著。放眼望去，城牆內外的風景並無二異。

萬里無雲的晴空下有一條道路。那只是把岩石撥開，把土壓緊的簡單道路，整條路沿著這片大地的峽谷向前延伸。

有一輛摩托車行駛在那條道路上。兩個輪子一面揚起滾滾黃沙，一面背著晨曦往前進。

摩托車的後座被改裝成載物架，上面綁著行李袋跟睡袋。後輪的左右兩旁還加裝了黑色的箱子。

騎士戴著有耳罩跟帽沿的帽子，以及一副防風眼鏡，銀色的鏡框已處處斑駁。臉上還圍著用來防寒的頭巾。身上穿著棕色大衣，太長的下襬則捲在兩腿上。

「感覺好淒涼哦，奇諾。無論是空氣還是景色。」

摩托車邊行駛邊說。

「是啊，而且還空無一物。」

名叫奇諾的騎士回答。

「我實在看不出來這裡是國境內耶，我們真的入境了嗎？」

「是入境了啊，只是沒人審查而已。」

「這國家原本就是這樣嗎？居民捨棄文明，全躲在洞穴裡居住嗎？如果真是那樣，可就有意思了。」

「關於那點啊，漢密斯。我聽到的是這個國家非常進步，即使窩在建築物裡過一輩子都沒問題，是個整齊又清潔的國家……」

奇諾說道。

「那絕對是個謊言。」

名叫漢密斯的摩托車斬釘截鐵地回答。

「沒那回事。這是討厭這國家過度清潔而離開的人說的……不過我倒是沒聽說那道無人看守的城牆呢。只聽說應該會看到跟城牆一般高的大樓跟圓頂。」

「在哪裡？」

「不曉得耶……」

奇諾在轉彎的時候放慢速度，到了直線道路才再度加速。當她們從一座岩石山旁邊通過，影子接著又映在另一座岩石山上。

「還是說我們走錯路了？」

漢密斯的語氣聽起來感覺很無聊。

「不，不可能！」

奇諾予以否定。

雙方幾次你一句我一句之後便沉默下來，繼續安靜地在毫無變化的景觀裡行進。

等他們突然看見目標的城牆，已經是中午了。當時奇諾跟漢密斯正好駛出一座大石山的陰影。

「你看吧！」

「原來如此，結果並不是謊言。」

她們果真在荒野的正中央看到了跟城牆一般高的大樓跟圓頂體育館。

古老的石砌城牆外側似乎上了什麼保護膜，反射著光芒。此外還看得到三棟高出城牆的巨大建築物，跟一群圍繞在旁邊的小型建築物。每棟都以空中走廊連接，下方則是覆蓋著整個國家的玻璃圓頂。這是一個宛如巨型要塞的國家。

城門前守著幾名身穿軍裝的軍官跟士兵，正等待著越來越接近的奇諾她們，並笑容滿面地打了個招呼。

奇諾表明要在這個城牆裡的國家停留三天，結果得到了熱烈的歡迎。他們還表示奇諾她們停留期間的費用全由國家支付。可是唯一的條件是要求奇諾跟漢密斯，以及她們攜帶的物品要徹底洗淨。對此奇諾要求他們說得具體些。

「我們將要求奇諾妳先沖澡淨身。這段期間我們會把妳攜帶的所有衣服都送洗，並把漢密斯洗乾淨。然後把妳攜帶的物品大至行李袋，小至一個縫針都洗淨消毒。當然，事先保管的物品我們都會列出清單，事後經過核對就會全數歸還。」

奇諾稍微考慮了一下便答應了。漢密斯雖然稍稍表示不滿，但還是說聲「算了」而死心。

過了一段時間。

奇諾她們在歷經各式各樣的過程後，終於得以通過城牆。

奇諾身穿黑色夾克。腰繫粗皮帶，右腿跟腰後懸掛著說服者的槍套。她的夾克、槍套跟裡面的說服者都乾淨得一塵不染。

原本沾滿塵土的大衣這下已洗得煥然一新，被綁在載貨架的行李袋上。

漢密斯不只是用清水跟消毒藥水清洗，在所有的部分都經過徹底刷洗後，連金屬零件都亮得像鏡面一樣。

奇諾站在大鏡子前面喃喃自語：

「過去的我們……從沒像現在這麼乾淨過呢！」

「我是覺得乾脆不要出境怎麼樣？我已經受夠每天灰頭土臉的模樣了！」

漢密斯說完之後，最後一扇門開啟了。

「這裡就是『CITY』，我國大部份的人口都住在這裡。」

入境之後，站在城門旁邊負責帶路的人向奇諾她們解釋。

稱之為「CITY」的城牆內部，是一片清潔的遼闊空間。她們奔馳在舖設完善的道路上，大樓沿路井然有序地排列著。還有那高約四十層樓，將全國覆蓋起來的圓頂。

「那圓頂可以阻擋有害光線。每棟大樓的玻璃窗也具有相同的功效。國內的光線與空氣都受到控制，依地點與時間來保持標準的溫度跟溼度。所以妳並不覺得冷吧？」

「的確沒錯。」

奇諾的夾克前襟是打開的。

「對了對了，我們希望漢密斯能裝上這個。」

嚮導拿出兩個如辭典般大小的箱狀物體。奇諾詢問他是什麼東西。

「應該是淨化排氣裝置吧？還有消音器。我覺得一定是這兩種東西！」

漢密斯回答，奇諾也頗有同感。嚮導很熟練地將它們裝在漢密斯的排氣管上。

「這樣就算在馬路上發動引擎也沒關係。這兒連車輛都能在建築物內行駛喲！大樓裡都備有專用電梯，屆時請善加利用。還有，這是地圖。唯獨這個麻煩在離開『CITY』的時候歸還。」

「知道了。」

奇諾看著嚮導給她的小型機器。螢幕上浮現出現在的位置跟使用說明。

嚮導繼續說：

「想必妳們也看到外側的城牆了，那是大約十年前為了擴大領土而新建的。而我們稱過去的領土為『CITY』，新擴充的為『COUNTRY』。」

「你說的那片荒蕪的領土，有人居住嗎？」

漢密斯問道。

「嗯，有人居住，只是真的很少。村子全散落在四處，每個村子的人口都只有數十人。他們被稱之為『開拓團』，是志願以集團的方式居住在那兒，從事開墾荒地的工作。」

「縱使在這兒能夠生活？」

奇諾問道。嚮導淡淡地微笑著說：

「就是這樣他們才要去。正如妳在我國所看到的，要受種種約束才能過著舒適又清潔的生活。可是正因為那樣，才導致許多人嚮往居住在大自然裡，在真正的土地上跟太陽底下生活。」

「原來如此。」

「開拓團以家庭為單位。我們從許多志願的家庭中揀選出通過健康與適性審查的一小部份加以訓練之後，再賦予他們打造新國家的名譽。同樣經過特殊審查的軍方特殊部隊，則負責保護他們。開拓後的土地當然就做為農地使用，然後建立能夠在那兒自給自足的村子。雖然這計劃還很長遠，不過預定將來會跟『CITY』朝不一樣的方向發展。我們也藉這項計劃兼具實驗我國體弱多病的人民是否能熬得住在大自然裡的生活。」

「嗯！嗯！」

「因此開拓團稱得上是我國的精英中的精英。老實說，我也很嚮往那種住在鄉村，進而打造新國家的生活。不過怎麼說呢，讓我這種普通人，要做那種事是有點不可能啦！我光是看到野生的蜥蜴跟毛毛蟲就會嚇到昏倒了說，根本就無法工作。」

嚮導突然笑了起來。

「對了，因為你們曾環遊世界各地，想必這裡的居民會在你們停留的這幾天拼命投以崇拜的眼光。甚至走到哪兒都會受到請吃飯跟請妳敘述旅行趣聞的邀約。也請妳們盡情享受吧！至於該不該接受邀約，妳們大可以從那個人的長相或對方請的餐點種類來判斷！」

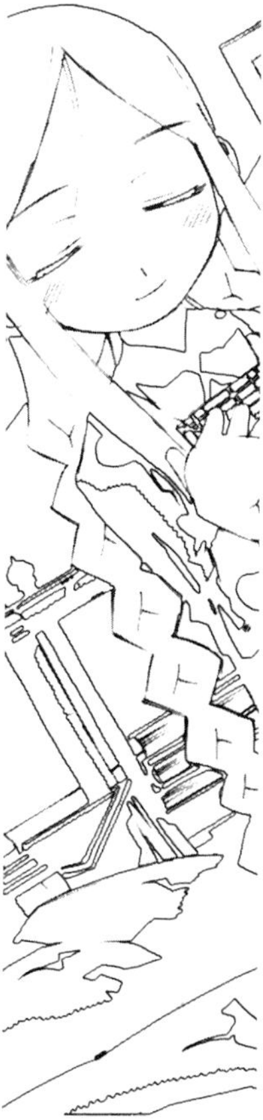

嚮導開心地說道。

「如果是奇諾的話，是看種類跟份量啦！」

漢密斯又補上一句。

奇諾在城門前跟嚮導道別之後，就發動漢密斯繼續前進。

城市的每一處都是一塵不染。

光是在奇諾她們抵達飯店的路上，就受到十二次請吃飯的邀約了。不過她全都婉拒了。

飯店座落在其中一棟超高大樓裡。在服務生的帶領下，她們搭上了滿是玻璃的電梯，接著到達荒野的景色盡收眼底的最頂樓房間。

「房間超大的…要做什麼好啊？」

服務生離開之後，奇諾喃喃地說道。

「這樣剛好，妳可以做射擊練習啊！」

漢密斯說道。

奇諾開始把行李從漢密斯身上卸下，此時房間的服務鈴響起。牆上的大型螢幕上出現了一位西裝筆挺的中年紳士，以及一名婦人。

男人說：

「妳好，旅行者。我是這家飯店的老闆。我們有件事想與妳商量，稍後就會跟內人過去。不曉得妳是否有空？」

奇諾招呼飯店老闆夫婦進房間，卻不曉得該請他們坐哪裡，只好請他們自己找地方坐。兩人向她道過謝後便入座了。

做完自我介紹之後，

「請問妳明天有跟誰約好一起共進午餐嗎？」

老闆如此問奇諾，而夫婦倆也都露出認真又嚴肅的表情。

奇諾回答說沒有。接著他們兩人就請她務必接受跟他們共進午餐，還說會不惜做牛做馬來答謝她。

奇諾詢問原因，老闆的太太回答：

「我們有個長期患病的女兒，希望妳能跟她說說旅途上的見聞。」

「疾病之國」
—For You—

隔天早上。

奇諾一如往常地隨著黎明起床。

她做了點暖身運動之後，便開始練習使用說服者。奇諾稱右腰上的左輪槍為「卡農」，腰後那把細長型的自動手槍為「森之人」。她以兩把槍做了拔槍練習，並進行分解保養。之後就在大到不行的浴室裡沖了個澡。

當太陽升起的時候，奇諾叫了房間服務在房裡用早餐。可能是老闆夫婦事先吩咐過，送來的是既豪華又豐盛的食物。

吃完後，奇諾露出苦惱的表情，眼睜睜看著沒吃完的食物被收走。

「別小裡小氣的好不好?·反正中午還有得吃呢!·」

不知何時醒來的漢密斯在後面對她說。

接著奇諾跨上載物架空無一物的漢密斯上街逛逛。

對於道路跟建築物，漢密斯都給予高度的評價。

「嗯~是嗎?·」

奇諾則是似懂非懂地回答。

就連觀光的時候也到處有人邀她們過去。不過奇諾都用已經有約的理由婉拒。

接近中午時，奇諾來到前一天老闆告訴她的地方。那是一棟位於國家中央不遠的大型白色建築物。周圍刻意減少配置建築物，並營造出開放空間的氣氛。還立著「國立第一醫院」的招牌。

一進去裡面，老闆夫婦便出來迎接她。他們再次向奇諾深深道謝，奇諾也摘下帽子回禮，接著就把她帶往他們女兒「居住」的房間。

那房間裡擺放著古色古香的木製日常用品，令人感覺彷彿置身舊式洋房。

在一張有著四根柱子、頂部墜滿蕾絲的大床上，坐著一名年約十幾歲出頭的少女。

她的皮膚很白。雖然這國家的居民幾乎都很白，不過她還更白一些，慘白得彷彿像張漂白過的紙。她有著垂到床上的金色長髮、削瘦的臉龐以及藍色的眼睛。

少女穿著印有紅色跟綠色番茄圖案的睡衣以及粉紅色的薄外套。

「疾病之國」
—For You—

她雙手打開一封信，面帶微笑地讀了起來。

她一聽到敲門聲，隨即把信紙摺好塞回信封裡，並打開枕邊的箱子把它放進去。

過了一會兒，

「請進。」

房門在少女聲控下自動開啟。

「我叫做奇諾，這是我的伙伴漢密斯。」

奇諾做了自我介紹。

「我叫做伊娜夏。奇諾、漢密斯，請妳們多多指教。媽媽有跟我說過妳們的事，謝謝妳們特地抽空過來看我。」

少女站起來假裝拉起不存在的裙襬，曲膝向奇諾她們行禮。

「別客氣。」

奇諾把手貼在胸前回禮。奇諾穿著白色襯衫，說服者則是跟槍套一起跟夾克捲起來綁在漢密斯的載物架上。

奇諾在床鋪前把漢密斯停妥，自己則在椅子上坐了下來。

「真的不必放在心上啦！奇諾是因為妳父母答應提供她豪華的餐點跟新彈藥，而我也是收下了高級的機油、火星塞跟燃料才來的，大家各取所需啦！」

聽到漢密斯這麼說，伊娜夏笑著說：

「真叫人驚訝，我一聽是騎著摩托車的旅行者還以為是……一個野性十足且年紀較長的人呢。」

「妳說的野性是指粗野嗎？被妳說中了！」

漢密斯如此說道，奇諾頓時一臉苦笑。

伊娜夏眨著她的藍眼睛看著奇諾說：

「可否請妳告訴我有關妳旅途上所遇到的趣聞呢？」

「可以，我正是為此而來的。」

奇諾說道。

午餐被送到房間裡，奇諾跟伊娜夏、老闆夫婦一起享用。

「疾病之國」
—For You—

奇諾跟漢密斯和大家聊起旅途上的趣聞。不只是伊娜夏，連她父母也都聽得津津有味。

吃過午餐後，她父母表示必須回去工作，便依依不捨地離開了病房。

現在房裡只剩下奇諾跟漢密斯，以及這房間的主人。

奇諾跟伊娜夏隔著桌子坐著，漢密斯則停在左側。桌上擺著水果盤及茶杯、茶壺。

「今天真的非常感謝妳為了我特地抽空過來，我非常開心。想必我國其他人也很想聽聽難得入境的旅行者的旅行趣聞呢……」

聽到伊娜夏這麼說，奇諾搖搖頭說：

「真的不必放在心上啦！我之所以來，理由的確就像漢密斯剛剛說的那樣！」

「可是其他人或許會更熱情招待妳們呢……」

伊娜夏一臉過意不去地說道。

「但也可能相反吧？如果答應了別人，或許我們正在後悔『天哪～早知道就接受老闆夫婦的邀請……』呢？」

「沒錯沒錯。況且妳患病在床已經兩年了，只要能讓妳開心一點，我們應該就不會遭到天譴了吧？」

聽到奇諾跟漢密斯這麼說，少女露出了微微的笑容。

「妳們知道我生病的事？」

伊娜夏繼續面帶笑容地問道。

奇諾回答：

「我們從老闆那兒得知的。他說這個國家從以前開始，不分老幼，就有一定比例的人會患這種病，也找不到預防的方法跟特效藥。不過最近終於有了減緩疾病蔓延速度的藥物，而具有療效的藥物也在研究中，大家都覺得不久後應該就會問世了。」

「沒錯——那個藥問世後，我應該有機會服用吧？這樣我就能回家，而且再回學校上課了！」

「嗯！」「沒錯！」

「因為我很難得去學校，同學都不太記得我了，有些甚至已經把我給忘了呢！想必剛回學校會很不習慣吧。但是我應該很快就能夠跟大家打成一片了。不過我也不能老是想著玩，為了得到去『COUNTRY』的許可，我還得努力讀書、參加訓練呢——」

「咦？妳想去那裡？」

漢密斯問道。伊娜夏微笑著點點頭。

「妳父母親不知道這件事啊？」

奇諾問道，伊娜夏略為驚訝地說：

「是不知道……妳猜得還真準呢。」

「剛剛在聊外面的事情時，妳完全沒表現得這麼有個性。我倒覺得想放下工作去那兒的反而是妳父母呢！」

「哈哈哈哈，或許吧。不過我爸爸媽媽都很嚮往田園生活，只是礙於經營飯店的關係而只好作罷。要是我說要去的話，我實在無法想像他們會說些什麼。」

奇諾問：

「妳想務農嗎？」

「我是有那種想法啦……不過目前最重要的是，我有個想見面的人啦。我想跟他見面，再好好道謝。」

「這麼說的話，妳父母親連那個人的事都不曉得？」

漢密斯說道。

「是的……」

伊娜夏小聲地回答。
「是個什麼樣的人？什麼樣的人？」
漢密斯迫不及待地問她。
「呃……，那要請妳們對我爸爸媽媽保密哦！不，應該是所有人！」
伊娜夏甩著金髮激動地說著，雪白的臉頰還微微泛紅。
「知道了，這件事除了我們不會有別人知道。」
「了解！」
奇諾跟漢密斯都答應她，伊娜夏這才豁然開朗。
伊娜夏從椅子上站起來，往床鋪走去。她打開放在枕邊的一個箱子，拿出一本厚如辭典的書走回來。那是一本日記。不僅裝訂仔細，還上了鎖。
她打開鎖並翻開日記。裡面許多頁面都夾著好幾封信。
「我在鄉村交了個筆友。這全都是對方寄來的信。」

「是男的？還是女的？」
漢密斯問道。
「是男的。」
伊娜夏口齒清晰地回答。
「他的名字叫做洛古，跟我同年。目前他們全家住在開拓村裡以務農維生。」
「他是妳學校的朋友嗎？不過我聽說開拓團的人數其實很少。」
奇諾問道，伊娜夏搖搖頭說：
「我們其實是碰巧認識的。一年前他因接受開拓團的健康檢查來到醫院。我正在瞭望台眺望『COUNTRY』，想不到他衝了進來，還突然指著外面大聲：『等著瞧！我絕對會到那裡去的！』」
「嗯！嗯！」
「其實他是不能進來的，護士看到我被嚇得驚慌失措，硬把他抓了出去……，當時我馬上辯稱『那個人是我的朋友』。」
「挺有一套的嘛妳！」
被漢密斯這麼稱讚，伊娜夏都不好意思了起來。
「後來他向我道謝，我們倆就一起欣賞景色好一陣子。他拼命告訴我，自己這輩子最大的夢想就

是在『COUNTRY』裡生活。所以我們就在那時候約定，他要通過審查在那裡生活，而我要努力把病治好。」

「所以你們後來就開始通信了？」

「是的。為了不造成雙方的麻煩，我們決定每個月通一次信。他在第二封信裡寫他跟家人已經通過審查，即將開始建造一座村子！聽到這個消息我真的很高興。因為只要努力，夢想真的會實現呢……」

少女的藍色眼睛閃耀著光芒。

「後來他就跟家人移居到『COUNTRY』。過了一陣子他又寫信來了，裡面寫著『這裡比我想像中的還要荒蕪，不過我會努力的』。後來我們又繼續〝每個月通一次信〞。前三個月的信裡，他寫村子裡第一次有小孩出生。兩個月前寫的是吃飯的時候有蟲飛進飯菜裡，但他覺得無所謂。而最近一次的信裡，他寫在溫室裡種了五十三株番茄苗，每天都很開心地照顧它們。——現在的他正努力實現夢想，所以我也得努力對抗病魔才行。雖然，每次吃藥都讓我有些不舒服，不過這時候我就會看他寫的信，這樣就能帶給我勇氣。我覺得人如果孤軍奮鬥就會變得比較懦弱，但是如果有同伴一起互相勉勵，無論做什麼事就都能成功！」

伊娜夏開心地把話說完，漢密斯說：

「一點也沒錯，希望奇諾也能快點找到好對象！」

「謝謝你的雞婆！」

奇諾說道。

伊娜夏跟奇諾笑了一陣子之後又說：

「等我病好之後，我也想取得前往『COUNTRY』的資格跟許可。我想去他住的村子看看，嚐嚐用泥土種出來的番茄，這是我的夢想。」

「希望能讓妳痊癒的藥能快點問世。」

「就是說啊。」

奇諾跟漢密斯說道。

「是啊，我相信一定沒問題的。只要大家更加努力，未來一定就會更美好。所以絕對沒問題，絕對絕對沒問題。」

肌膚雪白的少女說道。

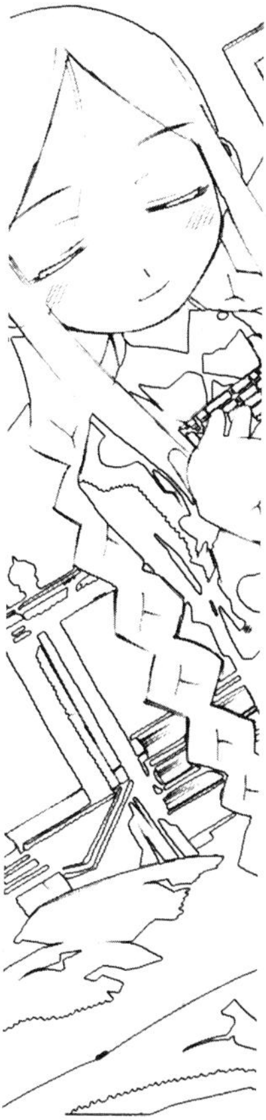

「奇諾、漢密斯，有件事想拜託妳們幫忙。」

伊娜夏說這句話的時候，正好冬陽開始西下，玻璃圓頂的透光率也開始進行自動調整。

「當我知道能夠見到妳們的時候，就打算麻煩妳們這件事了。這麼做或許顯得我有些任性，但是唯獨這件事，我希望妳們務必幫我。」

伊娜夏咬著唇說道。

「什麼事？既然你們請我吃了這頓大餐，讓我吃得既開心又飽足，要我做什麼事我都願意。況且，還有一輛棒到不行的摩托車會幫我呢！」

漢密斯說道。

奇諾敲了一下漢密斯的油箱叫他住嘴，接著詢問伊娜夏想拜託她們做什麼事。

「奇諾妳們會往西出境離開這個國家。其實洛古他住的村子好像在那條路往南的方向……」

「原來如此。」

奇諾說道。伊娜夏凝視著奇諾說：

「過去到現在，我跟洛古都只能遵守規定通信。其實在他出發前，我有個禮物想要送他。」

伊娜夏從箱子裡拿出一個約手掌大小的小盒子，打開它把裡面的東西拿出來。

那是一個以某種白色材質削成的小胸針。雖然形狀有點歪，不過看得出是一隻雞。雞冠跟翅膀的部分則黏有金色的短毛。

「這是妳自己做的？」

奇諾問道。

「是呀……我已經儘量把它做得比較小了，但還是塞不進信封裡。我想拜託妳把這個交給洛古。這是祈求農事興旺、身體無恙的護身符。希望你幫我送到他村子裡的郵局，那個經常送信給他的地方。我知道這個要求很任性，不過我再也遇不到這種機會了。拜託，求求妳幫忙……」

奇諾看了那個胸針一陣子說：

「我想不出任何拒絕的理由。」

「我想也是，如果是叫我們幫忙『送張床過去』，那就不可能了。」

奇諾跟漢密斯分別說道。

就在淚眼汪汪的伊娜夏對奇諾跟漢密斯道謝的時候，護士剛好走了進來，她看到奇諾她們相當驚訝。

她讓伊娜夏服過藥之後，聽說奇諾她們是旅行者，而且明天就要啟程出境，就拼命懇求她們：

「請務必務必來我家吃頓午餐！」

奇諾搖搖頭說：

「很遺憾，明天我們打算去看看『COUNTRY』，順便參觀一下種植番茄的村子。」

隔天，也就是奇諾入境後的第三天早上。

奇諾隨著黎明起床。

窗外是一片萬里無雲的淺紫色天空，以及一片寸草不生的荒野。

奇諾之前要求的彈藥及攜帶糧食等物品，早已經堆放在房間的電梯裡。清洗過的衣物，也都變

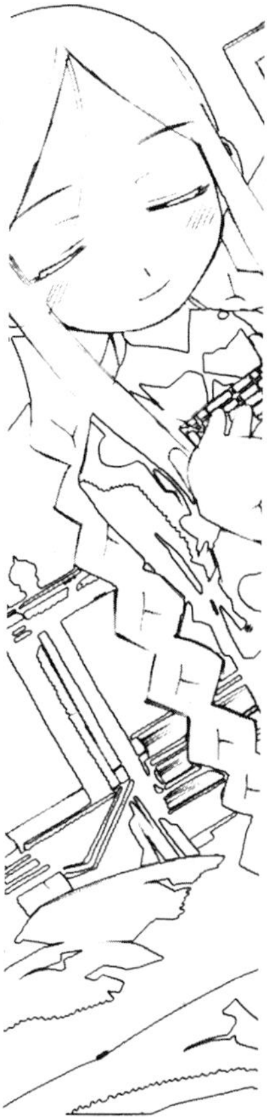

「疾病之國」
—For You—

得潔亮如新。至於漢密斯的火星塞跟燃料也已備齊。機油則是在昨晚換的。

奇諾跟往常一樣做運動跟練習使用說服者。之後再依依不捨地沖個澡，百般留戀地吃了早餐。

當太陽升起的時候，奇諾便辦理退房。老闆夫婦前來感謝奇諾跟漢密斯讓伊娜夏這麼開心。

隨後她們便離開飯店，駛上了幾乎沒有行人來往的街道。

到了「CITY」的西城門之後，奇諾歸還地圖並準備離境。奇諾確認說服者是否都裝好子彈，然後穿上大衣。而淨化排氣裝置由於無法長期使用，所以也一併歸還。

由於再進入「CITY」要花很多時間，所以她再次確認有沒有忘了帶什麼東西，也順便確認一下小盒子有否放在夾克口袋裡。

接著便穿過城牆準備出境。冷風吹起，沙塵飛揚。

奇諾向守城牆的士兵問路，並跟他借了「COUNTRY」的地圖看看。奇諾跟漢密斯看了地圖好一會兒，然後就出發了。

荒野裡有一輛摩托車在奔馳。

「那樣看妳就知道方向了？」

漢密斯問道，奇諾回答說：

「知道。雖然地圖上沒有記載，不過那是個特徵很明顯的地形。再走個六十公里，在左手邊應該就會看到兩座隆起的山丘。越過那裡就進入盆地，第四十二開拓村應該就在那兒。上面也有標明通往那兒的路。」

「為什麼那個村子沒出現在地圖上呢？」

「會不會因為是新建立的村子？反正過去看看就知道了。」

奇諾說完，漢密斯簡短地回答「也對」。接著又說：

「收到她送的禮物，不曉得洛古的表情會是怎樣呢？」

「不曉得……不過也是過去看就知道了。」

「也對。」

此時奇諾又加快油門，背對著朝陽往前進。

途中她們看到路旁有塊巨大的綠色圓形區塊。那是其中一個開拓村，那個圓形是環繞著一圈巨大灑水器的田地。

就在烈日當空，影子相當短的時候。

「就是這裡！」

奇諾跟漢密斯停了下來。往左手邊兩個隆起的山丘駛去，那裡有條蜿蜒的坡道。

「這路況不是很好耶，彈起來的石子似乎會傷到輪框。」

「現在講這個有什麼用？」

在後輪拼命打滑的情況下，奇諾駕著漢密斯往左轉。

然後一鼓作氣地爬上了山。

「奇諾妳也真好心。」

「還不是為了答謝人家請我們吃大餐。我才不做白工呢！」

「真的嗎？」

接著他們在平坦的山頂上跑了一段路。

隨後又行駛了一段下坡路，視野頓時豁然開朗。

「就是那裡！」

「應該沒錯！」

在寬廣的盆地角落，並排著幾棟建築物。周圍開墾中的田地呈棋盤狀散開。簡易溫室還反射著陽光。

「奇怪了……」

奇諾喃喃地說道。

奇諾站在村子的建築物前方，看著那扇大門。

停在道路上的漢密斯問：

「都沒有人在嗎？」

「沒有，不過門是鎖著的。連門上的鎖鏈也是。」

她們發現遠處的田裡也沒有人，就算進入村裡也沒有人走出來。只有寒風在路上呼呼吹嘯。

「屋內的陳設並不凌亂，農作物也好像有確實收割……」

奇諾說道。

「還是說這個地方不適合住人，所以村民都遷走了？」

「疾病之國」
—For You—

「如果真是那樣就傷腦筋了……就得去找他們新落腳的地方——」

「奇諾，有車過來了。」

漢密斯對奇諾喊叫。奇諾走回馬路，看著從盆地的另一頭朝這裡接近的車燈。

車子筆直地朝奇諾她們駛來。那是一輛跟泥土一樣顏色的小型四輪驅動車，上面只坐著一個人。

「他來的正好，直接問他吧！」

奇諾對著車子揮手。車子停下來之後，從裡面走出一名男子。

男子大概二十出頭，臉上的墨鏡映照著奇諾她們的倒影，他跟「CITY」城牆外的軍人們一樣，都穿著綠色的冬季制服。繫在腰上的皮帶，左邊是說服者的槍套，後方的短刀為了方便從右邊反手拔出而橫掛著。

「妳在這種地方做什麼？啊……妳該不會是前天來的那位旅行者？」

男人問道。

「是的。我叫奇諾，這是我的伙伴漢密斯。」

「你好！」

「兩位好，歡迎來到我國。我是第三特殊護衛隊的科爾中尉。」

青年軍官靠攏腳跟向她們敬禮。

「可是妳們怎麼會在這裡？如果是想從新西門出境的話，妳們就走錯路了喲！因為這條路就算走兩天也無處可去。要不要我帶妳們上主要道路？」

「請問這個村子裡都沒有人居住了嗎？」

奇諾問道。

「這裡目前還沒使用。是一個用來暫時收容開拓團而設立的實驗性訓練設施。」

科爾中尉答道。

「那就有點奇怪了，奇諾是特地送東西來給一年前就居住在這裡的人的。」

漢密斯說道。科爾中尉稍微抿了一下嘴角後問道：

「收件人的姓名是？」

奇諾回答：

「『第四十二開拓村附屬郵局轉交』，收件人是——」

「一個名叫洛古的少年，對吧？」

科爾中尉說道。他把墨鏡摘下，露出一對跟伊娜夏一樣的藍眼睛。

距離村子不遠處，有一棟這一帶最高的建築物。那是一棟水泥建造，看起來冷冰冰的二層樓房，屋頂上還裝設著巨大的天線。

建築物前方靜靜地停著一輛四輪驅動車，沒多久奇諾她們就在一陣吵雜的引擎聲中來到了這裡。

科爾中尉打開了玄關的鎖，邀請奇諾她們進去。

昏暗的室內擺了一套類似辦公室裡的小型桌椅，以及空盪盪的書架。科爾中尉請奇諾坐下，自己則是把軍帽掛在牆上，再把緊閉的木板套窗打開。此時光線照亮了打掃得十分整齊清潔的室內。

奇諾把漢密斯用腳架立在自己座位旁邊。然後把大衣跟帽子掛在他上面。

科爾中尉坐在奇諾對面。兩肘撐在桌上，然後雙手十指交插地貼在額前。他閉上眼睛輕輕嘆了一口漫長的氣。

然後抬起頭有氣無力地說：

「歡迎來到『郵局』！」

奇諾從夾克口袋拿出一只約手掌大小的盒子。然後把它打開讓科爾中尉看看裡面的東西。

那是一個用某種白色材質削成的小胸針。雖然形狀有點歪，不過看得出是一隻雞。雞冠跟翅膀的部分則黏有金色的短毛。

「聽說這是個護身符，是伊娜夏送給洛古的。」

奇諾把盒子放在桌上，科爾中尉並沒有碰它，只是一直看著。

「你是郵局人員嗎？」

奇諾問道。

「是的。在『COUNTRY』，負責護衛的軍人要兼任郵政業務。我過去曾在這裡工作過。不……現在也還在崗位上。」

「那麼奇諾的工作到此結束，反正你會幫我們交給他的，我們走吧？」

漢密斯很明顯地吐槽，科爾中尉則閉著眼搖搖頭小聲地說：

「疾病之國」
—For You—

「天哪……怎麼會這樣……」

「你能把這個交到那個名叫洛古的孩子手上嗎？」

奇諾問道。科爾中尉搖搖頭，並且用斬釘截鐵的口氣說：

「那個可能性是零，根本就不可能。」

「為什麼？」

漢密斯問。

「因為他早就死了，在半年前……正確說來，應該說他已經遭到殺害，就在半年又四天前。」

科爾中尉回答。

「關於疾病及開發治療疾病的藥物的事……妳們應該都知道吧？」

「知道。」「嗯。」

「妳們有聽說過開拓團吧？」

「聽過。」「嗯。」

「不過妳們應該沒聽說過『特別開拓團』吧？」

「沒聽過。」「那是什麼？」

「簡單地說……就是『聚在一起等著被殺的人』。」

「……請繼續說下去。」

「嗯，我繼續說……我會把自己所知道的事全告訴妳們。在『CITY』蔓延——明顯導致許多人受害的疾病——我國把克服這個疾病視為國家課題。我們把它當成我國最兇惡的敵人，長久以來一直與它抗爭。也希望能早日開發出治療方法及特效藥。為的是歷經多年的受苦受難後，能把死亡人數降到零。」

「是。」「嗯！嗯！」

「然後三年前……當動物實驗遭遇瓶頸時，大多數的醫師都認為有必要進行人體實驗。他們私底下主張唯有拿活生生的人類進行實驗，才能確實加速特效藥的開發。後來國家就接受了這個提議。」

「……」「然後呢？」

「而嚮往加入開拓團的人，一定是形形色色。撇開是不是真能通過審查，不過裡面一定會有在國內屬於貧苦階級，以及沒有其他親屬的家庭。我們便從那些志願者中挑選出這些人，然後組成一支開拓團。」

「那就是『特別開拓團』對吧？」

「沒錯。他們滿懷希望且高高興興地遷來，然後開始在那個村子裡生活。至於軍人就是負責戒護及監視，避免讓他們逃走……不過！其實國家也沒有確定要拿他們當人體實驗，因為搞不好在他們『派上用場』之前，藥就已經完成了呢！如此一來，他們就真的能夠以開拓團的身份在那個村子裡生活下去……」

「原來如此。」「結果卻事與願違。」

「直到半年前，最後決定要拿全體村民當實驗對象。接著就正式執行了這項計劃，而負責下手的就是我們。我們在某天晚上放出催眠瓦斯，把他們全部帶走。然後帶上卡車關在載貨車箱裡……我所看到的景象僅止於此。而那也是我最後一次看到那個老是『軍人哥哥！軍人哥哥！』地叫我，把我當親哥哥仰慕的活潑少年。在『CITY』的地下設施裡，他們將有各式各樣的『用途』。我並不清楚詳細情形是如何，也不想知道。不過上級倒是告訴我，那名少年在半年又四天前……活生生被解剖之後就被製成標本，然後裝進一個小小的玻璃瓶裡。過沒多久就聽說減緩疾病速度的藥開發成功了，他們的犧牲終於有代價……從此以後，那個村子就一直被保留著。」

「我非常明白了，然後我想再問一個問題。」「信的事對吧？」

「喔，那是我接下來寫的。為了不讓外界懷疑這裡的狀況，我也身負檢查信件的任務。只是說萬萬沒想到會有來自『CITY』的信……基本上他們那群被視為『精英份子』的人，遭到嫉妒的情況反而比受到讚揚還多，所以本來就很少在寫信什麼的。更何況是寫給『特別開拓團』……這是幾乎不可能發生的事，真的不可能！」

「可是……」「沒錯沒錯。」

「……可是，她每個月都固定會寄一封信過來。然後他也一定會回信。我不必打開信件，只要靠解讀機器就能窺見內容。譬如說她因為生病而無法外出，至於他則是拚命鼓勵她。她也同樣鼓勵著生活困苦的他。然後她的夢想就是把病養好，跟少年一起住在『COUNTRY』。」

此時科爾中尉突然亂抓自己的瀏海，然後大吼大叫地說：

「如果我有寫這麼一封信就好了！在半年前寫這麼一封信，告訴她『我的工作越來越忙了，請妳

「疾病之國」
—For You—

不要再寫信給我』，不知該有多好！不！要是她的信一寄來，我就馬上把它撕掉就好了！我明明做得到！那種事……可是為什麼？為什麼我要回信呢？我到底是怎麼了？幹嘛要做這種事呢？」

「結果事情就變得一發不可收拾了是嗎？」

漢密斯用一成不變的口氣說。

科爾中尉雙手抱著頭說：

「我……每個月每個月……都在害怕這一切會不會曝光……每次打開信封，都害怕裡面會不會寫著『你到底是誰？』。想不到……想不到……」

然後又抬起頭來，以即將落淚的表情看著眼前的小雞。

「這是給你的，請收下吧！」

奇諾靜靜地說。

「我知道了……」

對方小聲地回答。

「這樣我得準備回信了。」

科爾中尉喃喃說道，然後雙手把它拿起，靜靜地放進箱子裡。接著從椅子上站起來，把箱子收進後面的櫃子裡。

「請問……」

科爾中尉回到座位上之後，漢密斯問：

「你還要執行保護、監視村子的任務嗎？」

科爾中尉點點頭說：

「嗯，這個任務還在執行。況且最近會再送一批受驗者過來。屆時我將再次負責保護這個村子，以及郵政業務。」

接著他瞇著眼靜靜地說：

「這麼做都是為了這個國家，為了全體人民。更重要的是……為了她的未來。」

「我知道了，謝謝你告訴我們這些，我們差不多該告辭了。」

科爾中尉看著眼前的旅行者說：

「奇諾，真的非常謝謝妳。還有——請原諒！」

被踢飛的桌子直接命中奇諾的上半身，把奇諾撞得往後倒。就在她推開壓在胸口的桌子時，科

「疾病之國」
—For You—

爾中尉的右腳踩住了她的「卡農」跟槍套。

藍眼軍人靜靜地看著他即將殺害的對象。他以訓練有素的俐落身手拔出短刀，連同左手一起握住往下刺。

此時奇諾的右手伸進夾克左邊的袖子裡，抓住藏在裡面的刀子。

城牆裡的景色跟城牆外並無二異。

一座又一座的棕色岩石山，以及寸草不生的荒蕪大地。一面高聳的城牆拔地而起，永無止境的綿延著。放眼望去，城牆內外的風景並無二異。

萬里無雲的晴空下有一條道路。那只是把岩石撥開，把土壓緊的簡單道路。整條路沿著這片大地的峽谷向前延伸。

奇諾跟漢密斯一路捲起乾燥的塵土，一面往道路的西方前進。

奇諾把頭跟帽沿稍微拉低，以防止冬天的刺眼太陽影響視野。

「奇諾，好難得哦。」

漢密斯說道。

「嗯？……喔，反正還在國內嘛。」

奇諾答道。

旅行者離去十天後。

一名肌膚雪白且金髮碧眼的少女獨自坐在床上，護士送藥來時，還帶來了一小封信。

護士叮嚀她要服藥之後，便走出病房讓那少女獨處。

少女聽話地先把藥服下。

然後小心翼翼地拿起拆信刀，拆開上面只註明醫院及病房號碼的信封。

接著她拿出裡面另一個在上面蓋了「消毒檢查完畢」的大章的格紋信封。少女壓抑著急迫的心情急著把信拆開。

裡面是一張摺疊的紙張。

她的藍眼睛看著簡潔的字面。

『真的很謝謝妳送的禮物。希望妳康復以後能到村子裡來，屆時我們再促膝長談吧。』

「疾病之國」
—For You—

隨後少女露出微笑，旋即又彷彿快哭出來似的，把信緊抱在胸前。

尾聲「在夕陽裡・a」

—Will・a—

夕陽西下。

完美的圓形發光體開始慢慢隱沒在西方的地平線下。在它的右上方閃耀著一顆寶石般的紅色小顆粒。

萬里無雲的天空從橘紅變成藍，然後又變成了紫色。

平靜無風的大地上，只有絨毯般的初夏綠草、四處叢生的樹木，以及幾處折射著光芒的水池。

偶有不甚強的風兒吹過，讓大地的綠意隨之搖擺。

這裡有一處比丘地略為高大，但又不像山那麼高聳的地方。再往西走就看不到比它更高的土地，也看不到遮蔽視野的障礙物。

在此處的最頂端，四周圍的樹木都被砍掉，並且有一座粗大的圓木組合而成的監視塔。

塔的下方有一間居住用的大型圓木小屋。

塔的上方有個監視用的小型瞭望台。
瞭望台在夕陽的照射下，靜靜閃耀著金色的光芒。
兩名擔任守衛的男人站在瞭望台上，全都瞇著眼睛，眺望西下的落日。
他們眺望著西方的天空，以及西方的大地。
「中午在這裡落腳的旅行者已經把摩托車停下來了，會不會是打算找個地方露宿啊？」
第一個人問道。
「嗯，好像是呢！」
另一個人回答。
「不過——」
第一個人說道。
「怎麼了？」
另一個人問道。

「在夕陽裡・a」
—Will・a—

「這討厭的風景看得人好煩哦！」

第一個人說道。

「喔～」

另一個人點了點頭。

「天空的顏色變化得這麼激烈。白天的鳥叫跟晚上的蟲鳴都吵得要命。到處飛來飛去的螢火蟲看得人好煩，雨後的彩虹也教人噁心。」

「喔～」

「實在是有夠鬱卒的，真希望能早日回國。我倒寧願待在大樓地下室監看攝影機的畫面呢！」

「喔～」

「在這種地方建造監視塔的人，也不想想看我們這些負責看守的士兵每天每天都得抱持什麼樣的心情過日子。而且那會對我們的幹勁跟任務效率產生多少負面影響。我猜那些人鐵定連一顆鹽巴大小的腦子都不想用呢！」

「喔～」

夕陽西下。

完美的圓形發光體開始慢慢隱沒在西方的地平線下。在它的右上方閃耀著一顆寶石般的紅色小顆粒。

萬里無雲的天空裡，橘紅色的空氣開始下沉，藍色也慢慢轉濃，紫色的範圍則漸漸擴散。

平靜無風的大地上，只有絨毯般的初夏綠草、四處叢生的樹木，以及不再折射光芒的水池。

偶有不甚強的風兒吹過，讓大地的綠意隨之搖擺。

樹葉的磨擦聲環繞著他們倆。

「真是有夠討厭的！」

第一個人如此說道。然後往下看台的梯子走去。

「值班終於結束了……我先下去囉，威爾。」

另一個人聽著他爬下梯子的聲音，唸唸有詞地回答：

「喔……」

接著開始思考了起來。

「在夕陽裡・a」
—Will・a—

後記

—Preface—

二〇〇一年某月某日。時雨沢惠一公寓裡的電話響了起來。

時雨沢「（拿起電話）請問是哪位？」

神秘男子「（男人的聲音）你好，請問是時雨沢先生府上嗎？」

時雨沢「我無法否定這個可能性。話說回來，請問你是哪位？」

自稱奇諾「喔，抱歉沒有先自我介紹。我是奇諾。」

時雨沢「……啊？我不太懂妳的意思耶？」

自稱奇諾「我說我是奇諾。就是你小說裡的主角，你好，請多多指教。」

時雨沢「…………對不起，我可以掛電話了嗎？而且是立刻，馬上。」

自稱奇諾「不行啦，我可是難得有機會像這樣打電話給你耶！未免太沒禮貌了吧！」

時雨沢「那個……很抱歉，可是聽妳的聲音，年紀似乎頗大了耶……」

自稱奇諾「沒錯，我已經五十四歲了喲！我在東京某大學擔任經濟學的教授。還相當受女學生的歡迎呢，每到情人節就會收到許多巧克力喲！」

時雨沢「我又沒問妳那個。倒是妳怎麼會知道我的電話號碼？」

自稱奇諾「即使沒有人告訴我，我也很容易查到。因為我是奇諾嘛！」

時雨沢「…………如果妳真是奇諾，那妳的伙伴漢密斯呢？」

自稱奇諾「我碰巧遇到西茲，漢密斯正在跟那隻狗僕人對決喲！」

時雨沢「……跟陸？怎麼個對決？」

自稱奇諾「他們吵了三天三夜都沒比出高下，就說要用五十公尺仰泳來一決勝負。它一早就戴著蛙鏡出海去了，到現在還沒回來呢。會不會是飄流到外海了？」

時雨沢「…………那西茲呢？」

自稱奇諾「因為網路留言版有網友說他是『纏著奇諾的戀童癖跟蹤狂』，那個持刀男就說要去找留言者澄清一下。因為蠻多人這麼說，他說可能要花點時間說服他們呢！」

時雨沢「…………那妳師父呢？」

自稱奇諾「她因為違反槍砲彈藥管制條例，正在新宿分局接受偵訊。想必她很快就會逃出來，然後跟警方展開一場大戰吧？憑警方的力量應該是無法擺平的，搞不好會出動自衛隊呢！」

時雨沢「…………對了，我作品裡的奇諾是不會用這種口氣說話的。」

自稱奇諾「呼——敗給你了！」

時雨沢　「什麼東西敗給我了？」
自稱奇諾「當然是『安全之國』又不被採用了吧？會不會就從此永無見天之日啊？」
時雨沢「等、等一下！妳怎麼會知道這個？這件事只有我跟編輯，還有我在房間獨處時供我傾訴心事的那隻蜘蛛知道而已！」
自稱奇諾「因為我是奇諾啊！」
時雨沢「…………」
自稱奇諾「我還知道其他事情呢。譬如說『兩人之國』是從沒有被收錄在第二集裡的故事修改而成的。你參加電擊遊戲小說大賞的原稿裡，有我在『競技場』裡受傷的場面。為了療傷還裸露過上半身，並縫補過夾克等等。我的奇諾這個名字，也是從別的故事的主角（男性）那裡借來的。你還曾擔心在那一話裡用過後就無法再用而心急如焚。」
時雨沢「……噢。」
自稱奇諾「『噢』？」
時雨沢「沒錯！……哇塞！想不到奇諾真的存在！妳是奇諾對吧？」
奇諾「打從一開始我就表明身分了啊……我是奇諾沒錯。別以為你是作者，對一切就抱持著懷疑的態度。這樣很不好。」

時雨沢　「對、對不起！我不該懷疑妳……我會徹底反省的！」

奇諾　「那就聊到這裡，我要告辭了。」

時雨沢　「怎麼這樣！還不要走啦！求求妳！再多聊一會兒嘛！對了，妳對至今造訪過的哪一個國家印象比較深刻？請務必告訴我！我想把它寫成文章！」

奇諾　「很遺憾……三天已經過了。」

時雨沢　「……還有五分鐘啦！」

奇諾　「好了，我們走吧，漢密斯。告辭了。（吵雜的引擎聲）」

時雨沢　「啊，等一下……」

奇諾　「（電話裡的聲音漸遠，逐漸消失）漢密斯，那是昆布嗎？」

時雨沢　「啊啊……等一下……不要走啦……（聲淚俱下）」

「嘟——嘟——嘟——」

二〇〇二年　一月

時雨沢惠一

國家圖書館出版品預行編目資料

奇諾の旅：the Beautiful World／時雨沢 惠一作；
莊湘萍譯．--初版--臺北市：臺灣國際角川，
2004-〔民93-〕冊；公分
譯自：キノの旅：the Beautiful World
ISBN 986-7664-77-9（第1冊：平裝）.--
ISBN 986-7664-95-7（第2冊：平裝）.--
ISBN 986-7427-08-4（第3冊：平裝）.--
ISBN 986-7427-41-6（第4冊：平裝）.--
ISBN 986-7427-60-2（第5冊：平裝）.--
861.57　93002314

Kadokawa
Fantastic
Novels

奇諾の旅 V
—the Beautiful World—

（原著名：キノの旅V—the Beautiful World—）

2004年10月30日 初版第1刷發行
2022年7月25日 初版第9刷發行

作　者：時雨沢惠一
插　畫：黒星紅白
日版設計：鎌部善彥
譯　者：莊湘萍

發行人：岩崎剛人
總編輯：蔡佩芬
編　輯：黎夢萍
美術設計：宋芳茹
印　務：李明修（主任）、張加恩（主任）、張凱棋

發行所：台灣角川股份有限公司
地　址：104台北市中山區松江路223號3樓
電　話：（02）2515-3000
傳　真：（02）2515-0033
網　址：www.kadokawa.com.tw
劃撥帳戶：台灣角川股份有限公司
劃撥帳號：19487412
法律顧問：有澤法律事務所
製　版：巨茂科技印刷有限公司
ISBN：978-986-742-760-1